L'AFFAIRE WESTERFIELD

RENEE ROSE

Traduction par
AGATHE M

 Réalisé avec Vellum

Abonnez-vous à la newsletter de Renee

Abonnez-vous à la newsletter de Renee pour recevoir livre gratuit, des scènes bonus gratuites et pour être averti·e de ses nouvelles parutions !

https://BookHip.com/QQAPBW

L'AFFAIRE WESTERFIELD

UN MARIAGE ARRANGÉ TOURNE AU SCANDALE.
Réservé au point d'être froid et distant, Lord Westerfield ne s'est jamais rendu à un bal et n'a même jamais envisagé de se marier, jusqu'à ce qu'il rencontre Miss Kitty Stanley et que son univers bien ordonné se retrouve chamboulé. Déterminé à conquérir la sœur sublime et pleine de verve de son ami de la maison de jeu, mais doutant d'être en mesure de la courtiser avec succès, Westerfield passe un marché avec le frère de Miss Kitty pour obtenir sa main.

Quand les deux gentilshommes font part de leur accord à cette dernière, elle est furieuse qu'ils ne l'aient pas consultée, mais son frère menace de lui couper les vivres si elle ne s'exécute pas. En colère, elle se donne en spectacle lors d'un bal, causant un scandale qui ne fait que croître quand Lord Westerfield la traîne chez lui sans chaperon pour une punition torride.

Note de l'Éditeur : *L'Affaire Westerfield* comporte des

fessées et des scènes de sexe. Si de tels contenus vous offensent, veuillez ne pas acheter ce livre.

Note de l'Autrice :

Je me suis amusée à écrire ces romans historiques Régence il y a plus de dix ans. J'en publie les traductions maintenant, d'après le texte original, sans modifications. J'espère que vous vous montrerez indulgents avec mon écriture, car je n'étais qu'une autrice en herbe lorsque j'ai rédigé ces romans ! S'il s'agit du premier de mes livres que vous lisez, veuillez consulter la longue liste de mes ouvrages, tous torrides à différents niveaux d'intensité !

CHAPITRE UN

Londres, 1835

*I*mpossible.

Il ne croyait pas au coup de foudre. Pourtant, son cœur tambourinait dans sa poitrine comme s'il était en proie à une attaque. Non, c'était impossible. Il avait la tête aux chiffres, pas aux scènes théâtrales, pas aux émotions ou à l'hystérie, pas même aux femmes, en réalité. Oh, il n'était pas le dernier pour s'envoyer en l'air, et il avait même fait la cour à quelques dames, quand il était jeune, mais l'idée du mariage l'avait toujours répugné, malgré les pressions exercées par sa mère afin qu'il ait un héritier.

Mais en cet instant, alors qu'il admirait le visage plein de vivacité de Miss Kitty Stanley, il était métamorphosé.

Il avait succombé à l'une des nombreuses invitations du vicomte Maurice Stanley à lui rendre visite dans ses appartements de Londres. Ils avaient beau s'être connus au Parlement, leur amitié s'était épanouie au Spencer's, le club de la rue St James destiné aux riches et célèbres, et où ils se retrouvaient souvent assis côte à côte aux tables de jeu. Maurice

Stanley avait un problème avec les jeux d'argent. C'était peut-être leur cas à tous les deux, car la passion de Harry n'était pas un simple passe-temps, c'était un besoin qui le nourrissait. Les chiffres représentaient son échappatoire favorite. Il ne voyait pas son passe-temps comme un problème, cependant, car là où Stanley perdait sans arrêt, lui gagnait toujours.

Raison pour laquelle le vicomte Stanley s'était entiché de Harry : il voulait être en veine. Ils étaient assis dans son salon, à boire du brandy et à parler chiffres, quand la porte s'était ouverte à la volée, chamboulant l'univers de Harry tant et si bien qu'il craignit de tomber du sofa pour atterrir sur le tapis persan usé du vicomte.

— Maury, devine ce qui vient de... Oh !

La plus belle jeune femme qu'il ait jamais vue venait d'entrer dans la pièce en agitant ce qui ressemblait à une invitation. Elle avait d'épais cheveux acajou, des pommettes hautes et des lèvres pleines et boudeuses rouges et brillantes comme des prunes. Il était aisé de conclure qu'il s'agissait de la sœur cadette de Maury, vu leur ressemblance, mais là où son ami était banal, elle était spectaculaire.

— Pardonne-moi, je n'avais pas réalisé que tu avais un invité.

Elle esquissa une révérence et adressa un sourire rayonnant à Harry. Son cœur marqua un arrêt face à une telle perfection : une profonde fossette lui donnait un air asymétrique qui ne faisait qu'amplifier sa beauté. Ses yeux dansaient avec un entrain contenu avec peine par sa stature menue.

Il avait envie de rester dans le halo de ce sourire jusqu'à la fin de ses jours.

Ce n'est que quand elle tourna de nouveau le regard vers son frère qu'il put respirer à nouveau et obliger son corps à se lever du sofa.

— Oui, Kitty. C'est pour cela que la plupart des gens frappent avant d'entrer. Je suis en train de gérer des affaires sérieuses, répondit le vicomte d'une voix traînante tout en faisant tourner son brandy dans son verre.

Le regard étincelant se tourna de nouveau vers Henry. Des yeux verts, avec des paillettes grises et jaunes. D'épais cils noirs qui se courbaient joliment à leur extrémité.

— Si vous n'étiez pas présent, je lèverais les yeux au ciel en entendant pareille chose, lui glissa-t-elle d'un air complice.

Les bras de Henry se couvrirent de chair de poule à l'idée qu'elle lui parle comme à un ami intime et non un parfait inconnu. Il aurait dû la trouver trop audacieuse, impertinente, même, mais ce n'était pas le cas. Il la trouvait charmante. Il rit, et s'approcha pour se présenter.

— Harry Westerfield, dit-il en s'inclinant légèrement.

Elle lui fit la révérence.

— Lord Westerfield, j'ai tant entendu parler de vous. Je suis ravie de vous rencontrer.

— Ma sœur, intervint Stanley.

— Miss Stanley. Tout le plaisir est pour moi.

Harry saisit la main qu'elle lui tendait, ses doigts délicats et dénués de gants minuscules dans sa grande main.

— S'agit-il d'une invitation ? s'enquit-il en désignant la carte qu'elle avait dans son autre main.

— Oh ! Oui. Lady Maybury donne un bal, et je suis venue pour supplier Maury de m'y emmener.

Elle tourna de grands yeux de chien battu vers son frère.

— Tu acceptes ? Je t'en prie, Maury.

Les lèvres de Stanley formèrent un sourire attendri, mais nonchalant. Harry en conclut que son ami était un tuteur trop indulgent, ce qui expliquait le manque de retenue si rafraîchissant de Miss Stanley.

Stanley le regarda et haussa les sourcils.

— Vous n'imaginez pas à quel point avoir une sœur qui a fait son entrée dans le monde peut coûter cher. Les robes, les bals, les promenades du soir à Hyde Park.

Harry se demanda si elle avait conscience des dettes accumulées par son frère. S'il lui avait réellement fourni de nouvelles robes pour la saison, il avait dû le faire à crédit. Rien qu'au Spencer's, les dettes du vicomte s'élevaient à plus de vingt mille livres.

— Là aussi, je lèverais les yeux au ciel, lui confia de nouveau Miss Stanley en lui adressant un clin d'œil.

Sa personnalité était si originale que l'on aurait dit les manières d'une poissonnière assorties de l'accent, du vocabulaire et de la beauté raffinée d'une dame de la haute société.

— Alors, qu'en dis-tu, Maury ? S'il te plaît ! J'ai passé toute la saison à attendre une invitation au bal de Lady Maybury ! Tu te souviens de celui de l'année dernière ? Il a alimenté les ragots durant des mois !

Comment refuser quoi que ce soit à une telle créature ?

— Oui, intervint Harry, j'ai moi-même reçu une invitation aujourd'hui. Allons-y, Stanley.

Le vicomte lui lança un regard surpris. Harry ne se rendait jamais aux bals et autres réceptions mondaines. Rencontrer des jeunes femmes à marier ne faisait pas partie de ses habitudes, et il ne désirait aucunement tisser des liens avec les membres de la haute société londonienne.

Stanley haussa les épaules avec nonchalance.

— C'est entendu, dit-il à sa sœur. Tu peux confirmer notre venue.

Cette fois, Harry se prépara au sourire de Miss Stanley, qui illumina la pièce comme dans ses souvenirs. Elle leur fit la révérence.

— Merci, Maury. Enchantée d'avoir fait votre connaissance, Lord Westerfield.

— Moi de même, parvint-il tout juste à dire avant qu'elle quitte la pièce.

C'est là qu'il avait pris sa décision.

Il ne trouverait le repos que lorsqu'il aurait conquis Kitty Stanley.

* * *

Elle attendait le bal de Lady Maybury depuis qu'elle avait quitté cette même réception un an auparavant. Il lui fournissait tous les divertissements qu'elle adorait – des hommes importants et des dames aux belles toilettes – en un seul endroit, où elle pouvait observer leurs interactions comme un scientifique face à son animal préféré.

Toute la haute société de Londres s'y rendait et déambulait dans ses plus beaux atours. Les jeunes filles à marier revêtaient leurs plus belles robes et un frisson dans l'air éveillait le sens de l'aventure de Kitty. Sa robe terracotta était à la dernière mode, avec un décolleté qui révélait ses épaules et des manches bouffantes ornées de rubans de satin rouge. Un ruban assorti formait un V autour de sa taille et tombait à l'avant de sa jupe. Elle portait un corset tout neuf dont les bretelles avaient été ôtées, afin de rehausser sa poitrine et de cintrer sa taille.

Ces efforts n'avaient toutefois pas pour objectif de ferrer un mari. Sa fascination pour la mode était plus artistique : elle aimait choisir une toilette à la couleur un peu trop criarde, mais qui lui allait à ravir, par exemple. Ou elle se servait de son côté observateur pour deviner les désirs et les buts de chaque personne présente. Elle faisait tapisserie, en quelque sorte, mais c'était volontaire.

La venue de Lord Westerfield l'avait étonnée, ainsi que le

reste de l'assistance. Pour autant qu'elle le sache, il ne s'était pas rendu à un événement mondain depuis des années. Elle observa son arrivée avec amusement, remarquant la vague d'enthousiasme qui parcourut les jeunes dames célibataires. Le nom de Lord Westerfield ne figurait pas sur la plupart des listes d'hommes convoités tout simplement car il était impossible de le rencontrer. Et pourtant, il était là, le trophée digne de toutes les attentions : beau, titré, et parmi les nobles les plus riches, grâce aux investissements et aux jeux d'argent. Il n'était plus particulièrement jeune, mais il n'était pas vieux non plus, aux alentours de trente-cinq ans, et d'après Maury, il jonglait avec les chiffres comme personne.

Il mit un long moment à traverser la salle de bal, détourné de son parcours par plusieurs mères décidées à le présenter à leurs filles, puis par des gentilshommes qui semblaient tout aussi désireux de l'impressionner. Rien de tout cela ne semblait l'intéresser. Il ne souriait pas et parlait peu. D'ailleurs, son regard balayait la salle avec ennui. Ses yeux passèrent sur Kitty, et toute à son observation, elle le fixa par inadvertance. Elle retint son souffle et s'efforça de détourner la tête, mais sans succès. Elle resta figée, incrédule, tandis qu'il adressait quelques mots aux hommes qui l'entouraient et commençait à se diriger vers elle, sans jamais que leurs yeux se quittent.

Avec effort, elle parvint à regarder ailleurs tandis que le rouge lui montait aux joues, ce qui l'irrita. Perdre ses moyens lors d'un bal ne lui ressemblait pas.

— Miss Stanley.

Sa voix était grave et résonna dans tout son corps, jusque dans ses mules.

— Lord Westerfield, dit-elle beaucoup trop vite tout en lui faisant la révérence.

— M'accorderiez-vous cette danse ?

Elle mit quelques instants à se remettre de sa surprise et à placer une main gantée dans la paume qu'il lui tendait.

— Lord Westerfield, parvint-elle à articuler tandis qu'il la menait sur la piste. Vous m'avez prise au dépourvu.

— Comment cela ?

— Vous avez gâché mon divertissement.

Il lui jeta un regard interrogateur tout en menant gracieusement la danse.

— J'avais l'intention de passer l'heure suivante à épier les convives pendant qu'ils vous flatteraient, mais vous m'avez interrompue. Et à présent, c'est moi qui semble faire des pieds et des mains pour plaire au très convoité Lord Westerfield.

Elle fut ravie de voir la façade impassible se craqueler et ses lèvres esquisser un sourire.

— C'est ce que vous faites ?

— Chercher à vous plaire ? De toute évidence. Cela ne se voit-il pas ? Devrais-je battre un peu plus des cils ? Hélas, ma mère est morte, sinon je l'enverrais de ce pas rendre visite à la vôtre. Comment va-t-elle, d'ailleurs ?

Westerfield riait, encore une réaction inattendue. La plupart des gentilshommes trouvaient ses bavardages de mauvais goût. Elle avait eu beau recevoir une éducation convenable, elle abandonnait souvent ses bonnes manières pour choquer son auditoire. Elle aimait observer l'effet produit par son franc-parler ; la façon dont les gens se tortillaient, mal à l'aise, quand elle déclamait une vérité qui n'était pas bonne à dire.

— Êtes-vous certaine que j'ai une mère ?

— Absolument. Je connais tous les détails pertinents à votre sujet : célibataire, beau, titré, riche. Progressiste en matière de politique, avec une tendance à voter réformiste, bien que vous ne vous exprimiez presque jamais au Parlement. Je sais que votre mère, la comtesse douairière, réside actuellement à Stanbrook, sur votre domaine rural, mais lorsqu'elle est à Londres, elle regrette à grands cris que vous tardiez autant à vous marier... tout comme les jeunes filles.

— Que savez-vous d'autre ?

— Qu'il est difficile de vous rencontrer, pour le plus grand désarroi de ces dames, et qu'il est encore plus difficile de vous connaître. Vous bavardez peu, surtout en public, mais l'on dit que vous avez l'un des esprits les plus aiguisés d'Angleterre, surtout lorsqu'il est question de mathématiques et d'économie. Vous avez opéré plusieurs investissements qui vous ont rapporté près de dix fois les sommes mises en jeu.

Westerfield semblait fasciné. Elle n'avait tellement pas l'habitude d'une telle réaction qu'elle perdit presque son assurance.

— Autre chose ? demanda-t-il à voix basse en la dévisageant.

Elle pencha la tête sur le côté, bougeant en rythme avec lui, remarquant la grâce et la vigueur de ses mouvements, l'aisance derrière sa carrure imposante.

— Vous aimez les jeux d'argent et vous gagnez toujours. Maury pense que vous avez une mémoire hors du commun qui vous permet de compter les cartes.

— Votre frère évoque ma passion pour le jeu avec vous ?

Il semblait mécontent, une réaction qu'elle avait davantage l'habitude de provoquer.

Satisfaite, elle sourit et s'approcha.

— Vous seriez surpris de découvrir tous les secrets que je connais à votre sujet, Monsieur le Comte.

Au lieu de mordre à l'hameçon, il sourit.

— Quand quelqu'un bluffe, je le vois tout de suite, Miss Stanley.

Grand Dieu, Lord Westerfield était *très charmant*.

Elle admira les angles de son visage : son nez d'aristocrate, ses mâchoires d'acier, ses yeux vifs et intelligents. Sans son sourire, sa physionomie en imposait. Avec, elle avait les jambes flageolantes. À moins que cela soit dû à sa capacité à lire en elle comme dans un livre ouvert ? La plupart des gens en étaient incapables, ou ne prenaient pas la peine de le faire.

— Bon, je connais aussi des secrets sur d'autres gens, parvint-elle à dire, mais d'une voix qui semblait essoufflée.

— Racontez-en moi quelques-uns, ordonna-t-il tout bas, la tête penchée vers elle.

* * *

S'il avait mesuré la force de son attirance pour Miss Stanley, elle aurait doublé toutes les cinq minutes. Le simple effleurement de sa jupe contre ses jambes lui donnait la chair de poule. Il avait penché la tête vers elle et avait pu sentir un parfum riche, sucré et exotique : de la vanille, peut-être. Lorsqu'elle lui jeta un regard par en dessous, il fut envahi par le désir de la lécher de l'épaule à l'oreille.

— Très bien, Monsieur le Comte. Voyez-vous Lady York, là-bas, avec son air malheureux ?

— Oui.

— C'est parce qu'elle est tombée amoureuse du frère de son mari, qui danse en ce moment même avec Miss Angelton. Je crois qu'ils sont devenus intimes. Lady York et Mr York, pas Mr York et Miss Angelton. Miss Angelton, quant à elle, avait jeté son dévolu sur le capitaine Baycroft et était bien décidée à lui faire oublier Prudence Pennyford. Mais elle faisait également partie des dames fascinées par votre arrivée au bal, alors au moindre signe d'intérêt de votre part, elle risque d'abandonner ses résolutions.

— Cherchez-vous à me dissuader de vous faire la cour ?

Miss Stanley lâcha un rire tonitruant.

— Certainement pas. Si c'était le cas, ce n'est pas Miss Angelton que je choisirais pour vous.

— Pourquoi ?

Elle haussa les épaules.

— Trop discrète. Vous n'êtes pas connu pour vos conversations stimulantes, vous non plus, alors si l'on vous associait... eh bien, vos tablées seraient bien calmes. Mais c'est peut-être ce que vous recherchez ?

Elle leva des yeux curieux vers lui, et il éclata de rire face à sa remarque impertinente au sujet de ses talents d'orateur.

— Je serais donc mieux assorti à quelqu'un comme vous, par exemple ?

— Moi ? dit-elle d'un ton sincèrement incrédule. Un homme comme vous, je le rendrais fou avec mes bavardages incessants.

— Vous croyez ?

Elle avait la peau la plus lisse qu'il ait jamais vue. Une soie dorée dénuée du moindre défaut, à part un gros grain de beauté sur sa joue. Du côté de la fossette. La courbe de ses seins était projetée vers le haut, échappant presque à son corset et le faisant trembler d'envie d'en libérer un, juste pour voir à quoi il ressemblerait hors de sa prison. Il imagina quel pourrait être la couleur de ses tétons. Le rouge prune de ses lèvres, peut-être. Ou plus clairs, comme une pêche.

— Vous ne croyez pas ? le défia-t-elle.

La perfection théorique de ses seins mise à part, c'était sa franchise qui le captivait. Elle le faisait sortir de sa coquille, l'obligeait à participer à la conversation. Elle avait tout à fait raison, il était mauvais orateur, et pourtant il était en train de danser avec la plus belle femme du bal, et il n'y avait pas eu le moindre silence gêné.

— Vous me rendriez sans doute fou, marmonna-t-il, mais pas à cause de vos bavardages.

Elle plissa le front tout en décryptant le sens de ses

paroles, puis elle ouvrit grand les yeux et le rouge lui monta aux joues.

— Et qu'est-ce qui vous rendrait fou chez moi, Lord Westerfield ? demanda-t-elle d'un ton prudent, comme déterminée à confirmer ses soupçons.

Il ne répondit pas, et elle insista avec son franc-parler habituel :

— Était-ce une allusion crue ?

— Bien sûr que non, Miss Stanley, répondit-il en ravalant toute trace de sourire.

— Vraiment, Monsieur le Comte ? Car il me semble vous avoir vu plonger le regard dans le col de ma robe.

Son ton était taquin, mais elle s'empourpra de plus belle, réalisant probablement qu'elle venait de dépasser allègrement les limites du bon goût. Elle poursuivit malgré tout, ôtant sa main de la sienne pour se toucher le cou :

— À moins que vous observiez simplement mon absence de parure qui contraste avec les autres dames ?

Elle avait du mal à soutenir son regard, choisissant plutôt de balayer la salle des yeux pour masquer son trouble. Il se demanda s'il lui arrivait souvent de se dénigrer afin de faire diversion.

— Cette absence de parure vous chagrine ? demanda-t-il à voix basse, sincèrement curieux.

Dans sa tête, il se rendait déjà chez le bijoutier pour lui trouver le collier idéal.

— Bien sûr que non, répondit-elle avec trop d'empressement. J'ai une robe orange, le rêve de toutes les femmes, alors que demander de plus ?

Une déclaration absurde, car évidemment, aucune autre dame ne désirerait une robe de cette couleur. Il était convaincu qu'elle le savait et qu'elle faisait une nouvelle fois preuve d'autodérision, et il éclata de rire. Elle lui adressa un regard reconnaissant.

La danse prit fin, mais il n'avait aucunement l'intention de la laisser quitter ses bras.

— Une autre danse, Miss Stanley ?

Elle le contempla d'un air surpris, puis tournoya de droite à gauche pour passer la salle en revue.

— Cherchez-vous à rendre une femme jalouse ?

Il lâcha un autre rire. Elle ne semblait vraiment pas comprendre qu'il la courtisait.

Elle haussa les épaules.

— Bon, j'ai promis quelques danses, mais aucun de ces partenaires n'attisera autant l'envie de l'assistance, alors je vous suis, Monsieur le Comte.

L'idée qu'elle ait d'autres prétendants l'irritait. Il regarda aux quatre coins de la salle de bal, à la recherche de rivaux. La perspective de faire la cour à Miss Stanley le rendit soudain anxieux. Cela pourrait être un processus interminable, fait de visites de courtoisie et de bals, sans même avoir la certitude que son affection était réciproque. Et si en plus il avait de la concurrence...

— À qui avez-vous promis ces danses ?

— Oh, de simples amis. Des messieurs qui souhaitent se faire voir en compagnie d'une dame vêtue d'orange, ce genre de choses.

Il rit, quelque peu rassuré. Elle lui jeta un regard critique.

— Et vous, pourquoi êtes-vous ici ce soir, Monsieur le Comte ?

— Pour danser avec vous.

Elle plissa les yeux et dit d'un ton incertain :

— Pas réellement.

Il hocha la tête.

— Mais non.

— Si.

— C'est mon frère qui vous a mis au défi de le faire ?

Il fronça les sourcils, perplexe.

— Quoi ?

— Vous avez perdu un pari ou quelque chose de ce genre ? Il vous a demandé de danser avec moi pour faire monter ma cote ?

Elle souffla et grommela d'un air boudeur :

— Mon cas n'est pas désespéré à ce point. Ce n'est que ma deuxième saison. J'ai fait mon entrée dans le monde assez tard, vous savez.

— Je l'ignorais. Et ne dites pas de bêtises. Je ne suis pas venu pour votre frère.

Elle le scruta un moment.

— Très bien, vous n'êtes pas obligé de me dévoiler la raison de votre présence. Je finirai par le découvrir, Lord Westerfield. J'ai un don pour trouver les motivations des gens.

— Je n'en doute pas, dit-il d'un ton neutre.

Il était légèrement déçu qu'elle ne veuille pas croire qu'il la courtisait. Mais en mentionnant son frère, elle lui avait donné une idée pour faire pencher la balance en sa faveur.

Car ce pari-là, Harry n'avait aucunement l'intention de le perdre.

* * *

— Deux danses avec Lord Westerfield ?

— Je sais, je n'y comprends rien.

— Je pense qu'il a décidé de vous courtiser, ma douce, dit Teddy en la faisant valser à travers la pièce.

Teddy, ou plutôt Lord Fenton, le frère aux manières dissolues de sa meilleure amie Wynn, était de loin son partenaire de danse préféré. Ami d'enfance, il avait le même sens de l'humour sardonique qu'elle et la même vision de la société, tout en ayant la grâce et l'assurance d'un homme un peu trop à l'aise avec les femmes. Elle n'avait pas à craindre que son attitude soit mal interprétée ou qu'il la serre contre lui de façon inconvenante, car ils se comprenaient parfaitement et savaient que leurs danses ne signifiaient rien de plus.

— Absolument pas, rétorqua-t-elle. Harry Westerfield ne courtise personne. Il joue et résout des problèmes mathématiques.

— Il a pourtant l'air prêt à m'étriper, alors je crois que vous vous trompez.

Elle tenta de tordre le cou pour apercevoir Lord Westerfield, mais Teddy la faisait tournoyer trop vite, et tout était flou.

— Il n'a aucune raison de me courtiser. Personne ne me courtise. Je suis le genre de personne que l'on préfère admirer de loin.

Teddy gloussa.

— Quel genre suis-je ?

— Le genre qui se fait admirer par les dames déjà mariées. En parlant de cela, Lady Dunning vous a fait les yeux doux toute la soirée, faites-vous exprès de l'ignorer ?

— Grand Dieu, oui. Je l'ai fréquentée une fois et elle était pire qu'une vierge. À présent, elle me harcèle de lettres d'amour. J'essaye de la décourager.

— Vous pourriez la pousser dans les bras du capitaine Morse. Il semble terriblement malheureux depuis son retour du front. Quelques attentions pourraient lui faire du bien.

— Il est marié !

— C'est vrai, mais il me semble que son épouse est occupée ailleurs.

— Avec qui ?

— Lord Merriweather.

— Dans ce cas, pas étonnant que le capitaine soit malheureux.

— Exactement. Donc si vous pouviez pousser Lady Dunning dans ses bras, tout le monde serait content !

Teddy rit à nouveau.

— Et comment procéderais-je ?

— Dites-lui que vous prenez vos distances, car un ami très cher est amoureux d'elle et que vous ne souhaitez pas entrer en conflit avec lui. Quant à moi, je lui laisserai entendre qu'il s'agit du capitaine Morse.

Lorsque la danse prit fin, Teddy était hilare.

— Je vous remercie, Miss Stanley, dit-il en s'inclinant gracieusement avec une formalité feinte. Je suivrai vos conseils et je vous en suis reconnaissant.

Il porta sa main gantée à sa bouche pour un baisement tout en regardant derrière elle.

— Mmm, dit-il d'un air satisfait.

— Qu'y a-t-il ?

Elle allait se retourner, mais Teddy la retint par la main.

— Non, pas encore. Son regard est en train de vous transpercer le dos.

Avec un clin d'œil, son ami s'éloigna, la laissant digérer cette information.

Elle rejoignit Wynn, qui quittait également la piste, et prit son amie par le bras.

— Comment était-il ? demanda Kitty d'un ton complice au sujet du cavalier de Wynn.

Cette dernière émit un son de gorge désapprobateur, bien que son expression restât rayonnante et amicale aux yeux de l'assistance.

— À ce point ?

Wynn hocha la tête, sans cesser de sourire aimablement.

— Je suis désolée.

Wynn haussa les épaules.

— Je me fais des idées, ou je suis condamnée à ne jamais me marier ?

— Vous vous faites des idées. Pour ma part, j'espère profiter de quelques années de liberté supplémentaires.

Elle regarda autour d'elle et vit son frère mener une jeune femme sur la piste.

— Même si avec la passion de Maury pour le jeu, je risque de porter les mêmes toilettes la saison prochaine.

— Vous devriez écrire à Edward à ce sujet, dit son amie.

Elle parlait de son autre frère, le frère raisonnable, respectable et marié à la tête de leur domaine familial de Penrock.

— Il serait furieux. Il se démène à Penrock pour nous assurer des profits corrects, et pendant ce temps-là, Maury dilapide tout dans les troquets et les maisons closes. Que pourrait y faire ce pauvre Edward, après tout ?

— Mais il le découvrira tôt ou tard, n'est-ce pas ?

— Oui, sauf si la chance tourne pour Maury.

Wynn ricana.

— À votre place, je tenterais de trouver un mari au plus vite, avant que la réputation de votre frère s'effondre et vous entraîne par la même occasion.

— Oh, je ne pense pas que cela soit possible. Ou plutôt, je me débrouille déjà très bien toute seule pour détruire ma réputation, avec ma langue affûtée. J'ai entendu ce que l'on dit à mon sujet : que je suis étrange, et « qu'aucun homme ne voudrait entendre de tels bavardages à table ».

— Ne dites pas de bêtises. Beaucoup d'hommes seraient ravis de vous faire la conversation. J'aime toujours vous parler.

Elle adressa un regard plein de tendresse à Wynn.

— Vous ne pouvez pas dire le contraire, vous êtes ma meilleure amie.

— Mais c'est la vérité ! Et Teddy est du même avis.

— C'est Teddy qui m'a répété ce que les hommes disaient à mon sujet, rétorqua Kitty d'un ton ironique.

Wynn gloussa.

— Dans ce cas, n'en croyez pas un mot. Il vous taquinait. Et puis je pense que vous faites seulement mine de ne pas vouloir de mari afin de ne pas avoir à fournir d'efforts. Vous préférez faire tapisserie pour pouvoir critiquer plutôt que de vous jeter à l'eau avec nous.

Kitty se mordit la lèvre. Cette observation ressemblait inconfortablement à la vérité. Constatant qu'elle avait fait mouche, Wynn lui pressa la main. Kitty s'efforça de sourire et haussa légèrement les épaules.

* * *

Maury regardait Lord Westerfield répondre aux questions de ses compagnons par des silences, toute son attention tournée vers Kitty. Pour la première fois depuis leur rencontre trois ans plus tôt, il voyait clair dans son jeu. À présent qu'il y pensait, il aurait dû comprendre tout de suite que si Westerfield avait accepté de se rendre au bal, c'était pour Kitty. Mais il n'avait encore jamais vu son ami s'intéresser à une femme. Il le rejoignit d'un pas sautillant.

— Les robes orange vous plaisent ?

Westerfield lui coula un regard en coin.

— Oui.

Maury était surpris qu'il l'admette, mais il n'était pas surpris que sa sœur l'ait captivé. Elle était très belle, et bien que nombre d'hommes trouvent ses manières caustiques inconvenantes, elles trouvaient leur source dans une grande intelligence, ce qui pourrait divertir quelqu'un comme Westerfield, dont le silence était sûrement causé par l'ennui que lui inspiraient la plupart des conversations. En revanche, il ne savait pas si Kitty serait séduite. Mais il était persuadé qu'il lui fallait un homme au moins aussi brillant qu'elle, et Westerfield surpassait cette attente.

— Vingt mille pour sa main, dit Westerfield.

Maury manqua de s'étrangler avec son champagne. Il se racla la gorge, conscient qu'il venait de dévoiler ses cartes. Westerfield avait toujours su, bien entendu. Vingt mille livres, c'était précisément la somme qu'il devait au Spencer's.

— Dix mille à la signature du contrat, et dix mille après le mariage.

Maury ravala la question la plus évidente : pourquoi Westerfield croyait-il nécessaire d'acheter la main de sa sœur ? Mais le lui demander sous-entendrait qu'il n'avait pas *besoin* de l'acheter, et bien sûr, il lui fallait cet argent.

Il regarda sa sœur danser avec un jeune et beau capitaine. Westerfield plissa les yeux sur leur passage, et Maury comprit. Il s'assurait la victoire. Il ne voulait pas prendre le risque qu'elle refuse.

Comment réagirait Kitty face à un tel accord ? Il chassa aussitôt cette idée de sa tête. Cela n'avait pas d'importance. Il avait besoin de cette somme. Elle aussi. Et Westerfield était un excellent parti.

Il tendit la main.

— Marché conclu.

Westerfield la serra d'un air satisfait.

— J'apporte le contrat et un chèque demain.

CHAPITRE DEUX

*H*arry s'assit confortablement dans le sofa de cuir rouge de Stanley et croisa les jambes. Il sentait monter en lui la satisfaction qu'il éprouvait à chaque fois qu'il obtenait sa récompense après avoir gagné un pari. Lord Stanley avait signé le contrat, comme promis, et avait fait appeler sa sœur.

Kitty frappa à la porte, puis l'ouvrit, et entra avec une expression perplexe.

Harry se leva et s'inclina.

Elle lui fit la révérence et déclara avec surprise :

— Lord Westerfield, quel plaisir de vous revoir.

Visiblement, Lord Stanley n'avait pas évoqué l'affaire avec elle.

— Tout le plaisir est pour moi.

— Assieds-toi, Kitty, il nous faut discuter de quelque chose.

Stanley lui montra un fauteuil. Elle se défit de son sourire et fronça les sourcils. Harry lui adressa ce qu'il espérait être un sourire aimable, qui ne fit qu'amplifier l'inquiétude de la jeune femme. Perchée sur le fauteuil, elle plaça ses mains sur ses genoux avec raideur.

— Lord Westerfield est venu me demander ta main, Kitty, et j'ai accepté.

Elle en resta bouche bée.

— Pardon ?

— Les bans seront publiés demain, et dans deux semaines, vous serez mari et femme.

— C'est hors de question ! s'emporta-t-elle. N'auriez-vous pas oublié un détail ?

Elle haussa les sourcils d'un air de défi.

— Ne devrais-je pas être consultée ?

Stanley plissa le front.

— Je suis navré, Kitty, mais c'est déjà fait.

Harry grogna intérieurement. Son ami gérait très mal les choses.

Kitty se leva et plaça les mains sur les hanches. Elle tourna un regard glacial vers lui.

— Puis-je parler à mon frère un moment ?

— Non, Kitty, interrompit Maury. Cette affaire concerne Lord Westerfield, et en outre, il n'y a rien à dire de plus. Comme je viens de te le dire, c'est fait.

— Comment est-ce possible ? demanda-t-elle d'une voix plus aiguë. Me suis-je présentée devant le prêtre pour jurer de l'aimer, de l'honorer et de lui obéir ? Absolument pas, et je ne le ferai jamais, si je ne suis pas courtisée comme il se doit et que l'on ne me demande pas mon accord, au lieu d'être informée par mon entêté de frère comme si nous étions toujours au Moyen Âge !

Stanley se leva à son tour, et répliqua d'une voix de stentor :

— Tu le feras car je te l'ordonne et car tu n'as pas d'autre choix. Si tu refuses, je ne t'entretiendrai plus. Fini les robes, les bals et les saisons à Londres.

Harry bondit sur ses pieds, décidé à mettre un terme à leur querelle. Les deux têtes pivotèrent vers lui, et le silence tomba. La poitrine de Kitty se soulevait dans un rythme saccadé comme si elle peinait à respirer dans son corset. Il se maudit de n'avoir pas réfléchi davantage à cette partie du plan.

— Si elle souhaite être courtisée, je la courtiserai, dit-il d'un ton apaisant pour rattraper la situation. Kitty...

Il vit ses yeux lancer des éclairs en entendant son prénom.

— Accordez-moi un mois pour vous faire la cour comme il se doit, avant de faire votre choix.

Elle semblait soupçonneuse.

— La décision vous reviendra, promit-il.

Le regard plongé dans le sien, méfiante, elle le sonda pour déterminer s'il était sincère.

— Pas question, intervint Stanley.

Maudit soit-il. Était-il donc incapable de se taire ?

— Sans pénalité, précisa Harry les dents serrées, sans quitter Kitty du regard.

Elle se figea, les yeux écarquillés.

— Comment cela, sans pénalité ? demanda-t-elle d'une voix basse et menaçante.

Même Stanley avait compris son erreur.

— Ce n'est rien, dit-il aussitôt.

Elle se tourna de nouveau vers Harry.

— Quelle pénalité ?

Il ne pouvait pas répondre. Son plan théâtral pour s'assurer sa main ne lui semblait plus très brillant. En fait, il comprenait qu'il avait commis une erreur tactique.

— Est-ce que tu m'as vendue, Maury ?

Sa voix était un simple murmure, qui portait pourtant toute la rage des Furies.

— C'est fait, Kitty, dit-il d'un air sombre. Tu n'as pas le choix.

Elle recula d'un pas vacillant, les poings serrés sur sa robe dans un effort pour desserrer son corset et respirer. Tremblante, elle trébucha et chercha à se rattraper au manteau de la cheminée. Harry referma la distance qui les séparait en un grand pas et la rattrapa par le coude. Les yeux de Kitty se troublèrent et il se tint prêt à l'intercepter si elle s'évanouissait, mais elle se remit de ses émotions et tira de nouveau sur son corset. Lorsqu'elle posa les yeux sur lui, ils étaient brillants de larmes.

Oh, Seigneur.

Son cœur se serra. Ses larmes étaient pires que sa colère.

— Pourquoi ? demanda-t-elle d'une voix éraillée.

Pourquoi ?

— Suis-je si repoussant ? s'enquit-il dans un murmure.

Elle cilla, et des larmes échappèrent à ses paupières, coulant en lignes parfaites au milieu de ses joues.

— Ce n'est pas ça... mais je ne comprends pas. Que me voulez-vous ?

Il la dévisagea. Ne comprenait-elle toujours pas qu'il la désirait ?

— Il n'y a pas de piège, Kitty. Je vous veux pour épouse.

Elle secoua la tête, s'adossa à la cheminée et se dégagea subtilement.

— Et donc, vous avez décidé d'en faire une transaction ? Un contrat ?

Sa voix sourde était assortie à ses épaules voûtées et à sa bouche amère.

Les deux hommes gardèrent le silence.

Elle les regarda tour à tour, avant de garder les yeux posés sur son frère. Elle dut voir chez lui quelque chose d'inflexible, car elle serra les mâchoires et souffla bruyamment. Lui qui avait l'habitude de ne jamais se mêler à la moindre scène, Harry était au supplice. La douleur de Kitty le tourmentait, pourtant il ne pouvait pas lui offrir de réconfort, à moins d'annuler le contrat, chose qu'il ne ferait jamais.

Mais sous ses yeux, Kitty reprit du poil de la bête, déglutit, prit une expression impassible et gonfla la poitrine.

— Très bien, je constate que je n'ai pas le choix. Voici mes conditions : je veux deux mois, pas deux semaines. Et une somme allouée à ma robe. Je veux une bague, et j'exige d'être dûment chaperonnée à chaque événement qui se tiendra d'ici là. Vous pouvez ajouter ça à votre contrat.

Elle leva le menton, comme pour le mettre au défi de refuser.

— C'est comme si c'était fait, répondit Harry avec douceur, admirant la souplesse avec laquelle elle s'était adaptée à sa nouvelle situation. Autre chose ?

— Oui, dit-elle en se tournant vers son frère. Tu arrêtes les jeux d'argent. *Pour de bon.*

Elle avait donc conscience des problèmes de son frère.

— Non, répondit ce dernier d'un ton monocorde, visiblement aussi obstiné qu'elle. Ce n'est pas une négociation. Je te l'ai dit, l'accord est déjà passé.

Elle pinça les lèvres et se tourna de nouveau vers Harry, esquissa une révérence et quitta la pièce d'une démarche de reine.

— Je suis navré, marmonna Stanley une fois la porte close.

Harry lui jeta un regard noir.

— Il s'agit de votre sœur, vous auriez pu anticiper sa réaction.

— Elle se calmera.

En dépit de cette promesse, Harry crut détecter une note dubitative dans les mots de Stanley.

* * *

Le lendemain, Kitty n'adressa pas la parole à Maury. Sa dame de compagnie, Miss Anderson, lui avait conseillé de faire contre mauvaise fortune bon cœur, mais sa colère était trop forte. Elle savait que son frère avait désespérément besoin d'argent. S'il était venu vers elle, s'il lui avait demandé une faveur, elle aurait accepté tous les sacrifices pour sa famille. Mais le lui ordonner ainsi, comme si elle n'était que du bétail... eh bien, c'était impardonnable.

Le lendemain matin, après un petit-déjeuner passé dans un silence tendu, Maury prit enfin la parole :

— Je vais inviter Lord Westerfield à dîner avec nous ce soir.

— Très bien, dit-elle d'un ton froid.

Elle serra les dents quelques instants, puis ajouta :

— Je vais inviter Wynn et Teddy à se joindre à nous.

Maury fronça les sourcils, et elle se prépara à argumenter, mais il finit par soupirer.

— Très bien.

— Très bien, répéta-t-elle.

Elle savait qu'elle parlait comme une jeune fille trop gâtée, mais elle était incapable d'oublier la colère noire qu'il lui inspirait.

Lord Westerfield fut le premier convive à arriver, et pour contrarier son frère, elle resta dans sa chambre pour « se préparer ». Miss Anderson se tordait les mains dans le couloir, soucieuse.

— Allons, Miss Stanley, vous partez du mauvais pied avec cet homme. Il faut vous rappeler que vous allez passer le reste de vos jours avec Lord Westerfield. Souhaitez-vous vivre dans l'amour et le respect, ou préférez-vous jouer les mégères jusqu'à ce qu'il vous donne une correction ou aille voir ailleurs ?

— Vous ne m'aidez pas du tout, répondit Kitty les dents serrées.

Elle entendit le son du heurtoir en laiton à la porte et bondit.

— Ce doit être Wynn.

Elle lui avait envoyé un mot pour lui dire qu'elle avait désespérément besoin de sa présence, et qu'elle devait se préparer à être surprise. Elle descendit l'escalier à la hâte jusqu'au salon. Wynn et Teddy furent accueillis par leur majordome tandis que Lord Westerfield se levait pour la saluer. Grossière, elle offrit d'abord sa main à Teddy, puis embrassa Wynn. Alors seulement, elle daigna remarquer le comte. Elle se tourna vers lui, mais sans le regarder.

— Connaissez-vous Lord Westerfield ? Monsieur le Comte, je vous présente Lord Fenton et sa sœur Miss Fenton.

À l'intention de ses amis, elle ajouta :

— Lord Westerfield et moi sommes fiancés.

Wynn poussa une exclamation.

— Quelle surprise !

— Oui, c'est étonnant, surtout que je connais à peine cet homme, commenta Kitty d'un ton ironique en rejetant ses cheveux par-dessus son épaule. Apparemment, il estimait que je ne ferais pas tache dans son salon.

Elle percevait l'outrage de Lord Westerfield, mais elle ne put s'empêcher de poursuivre :

— Oui, Maury m'a vendue comme une vache aux enchères.

Son frère la prit par le bras.

— Veuillez nous excuser un instant, dit-il en la tirant sans ménagement à sa suite. Il l'entraîna dans son bureau.

— C'était inexcusable, dit-il d'un ton glacial. Je ne te donnerai qu'un seul avertissement. Soit tu te comportes correctement, soit tu le regretteras.

— Des regrets ? Tu crois que je n'en ai pas déjà assez ? Tu peux toujours essayer !

Il leva la main sur elle, mais la gifle qu'il allait lui donner fut interceptée par la poigne et la réactivité de Lord Westerfield.

— Du calme, Stanley. Veuillez-nous laisser un moment, je me chargerai de la discipliner.

Maury plissa les yeux et réfléchit. Kitty retint son souffle tout en essayant de déterminer de la main de qui elle préférerait être punie. Elle ne fut pas surprise de voir son frère acquiescer, s'inquiétant sans doute plus de son contrat que du bien-être de sa sœur. Elle le regarda quitter la pièce, réticente à l'idée de faire face à son fiancé.

Lord Westerfield alla s'asseoir sur le sofa.

— Venez, Miss Stanley.

Le cœur battant, elle se sentit rougir jusqu'à la racine des cheveux. Allait-il lui donner une correction, comme l'avait prédit Miss Anderson ?

Elle approcha lentement, puis prit son courage à deux mains et le regarda dans les yeux. Elle bomba le torse.

— Vous me prenez pour plante verte ? Vous croyez pouvoir me dresser pour que je me tienne bien sagement à vos côtés ? Vous auriez dû vous renseigner, Monsieur le Comte. Je ne suis pas connue pour mes bonnes manières.

Il fronça les sourcils.

— Non, Miss Stanley, je n'ai pas besoin d'une épouse qui tient sa langue. J'adore votre esprit, et jusqu'à ce soir, j'admirais également vos manières.

Elle se tordit les doigts. Elle savait qu'elle aurait dû s'excuser, mais elle était trop en colère ; contre Maury et contre lui.

* * *

Harry contempla sa future épouse. Il avait demandé à la corriger lui-même, non parce qu'il était en colère, mais parce qu'il ne pouvait pas supporter que Maury la punisse, surtout dans un tel état de rage. Elle s'était montrée très grossière, mais alors qu'il la regardait en face, il ne voyait pas d'insolence. Il voyait plutôt du doute et de la peur, comme si elle regrettait déjà son comportement. Elle était jeune, dix-huit ans seulement, et il était compréhensible qu'elle soit troublée par les changements qu'il avait infligés à son existence. Il lui suffisait de lui donner quelques conseils et de poser des limites.

— Votre impolitesse était inacceptable, lui dit-il en se tapotant les cuisses.

Elle jeta un regard indécis à ses genoux.

— Soyez bien sage, et je ferai vite, promit-il en lui saisissant le poignet.

Rougissant, elle le laissa l'allonger sur ses genoux.

— Je suis désolée...

Il l'interrompit d'une claque sur le derrière, geste qu'il répéta à plusieurs reprises, le son de sa paume ponctué par les exclamations de Kitty.

— Non... s'écria-t-elle en se tortillant. Attendez... je suis désolée !

Il resserra sa prise sur son poignet et poursuivit sa fessée, le satin de sa jupe glissant sous sa main et l'empêchant de la maintenir correctement. Il souleva ses jupons afin de la fesser à travers le tissu très fin de ses dessous en lin. Il voyait l'ombre de sa fente, la forme de ses fesses, et la leçon qu'il lui donnait par devoir se transforma en quelque chose de beaucoup moins désagréable. Peut-être devrait-il fesser sa peau nue...

Il marqua une pause et appliqua sa paume sur sa chair

échauffée, avant de la caresser lentement, suivant ses courbes. Il sentit son membre durcir. Elle haletait, mais ne pleurait pas.

— Écoutez, vous avez de bonnes raisons d'éprouver de la colère, dit-il d'un ton apaisant. Je sais que je m'y suis mal pris, mais s'il vous plaît, pouvons-nous repartir à zéro ?

— Non !

Il se remit à la fesser avec vigueur, non pour la soumettre, mais pour oublier la tentation que représentait son derrière. Il n'avait pas réellement l'intention de lui faire mal. Il s'interrompit pour la caresser à nouveau, enivré par la chaleur de sa peau sous sa main.

Elle bougea les hanches et tourna la tête dans sa direction.

— J'ai simplement besoin d'un peu de temps pour m'y faire, Monsieur le Comte. Je suis en colère contre Maury et aussi contre vous, mais j'accomplirai mon devoir.

C'était la Kitty dont il était tombé amoureux. Intelligente et pleine d'assurance, même dans cette position humiliante. Il admirait sa franchise. Il traça des cercles autour de ses fesses.

— Je vous assure, quand je ne suis pas en colère, je sais me montrer avenante, ajouta-t-elle.

Il rit.

— J'en ai parfaitement conscience.

— Je vous en prie, Monsieur le Comte, fessez-moi vite, sinon Maury enverra Miss Anderson voir ce que nous faisons et j'en mourrai de honte.

Harry comptait en rester là avec sa punition, mais entendre qu'elle s'était attendue à ce qu'il prolonge sa punition lui envoya un petit frisson d'excitation. Il suivit les contours de ses dessous le long de son ventre et trouva une cordelette, sur laquelle il tira.

— Monsieur le Comte ! s'exclama-t-elle d'une voix étranglée.

Il baissa les dessous sur ses hanches et retint son souffle.

Elle était absolument parfaite. Deux fesses rebondies formaient la cible idéale pour sa main, et sa peau avait une délicate teinte rose là où il l'avait déjà frappée. Il abattit sa paume sur sa peau nue, lui-même surpris par le son qu'elle produisit. Il frappa encore et encore, profondément satisfait ; beaucoup plus qu'il l'aurait imaginé. Il frappa plus bas, presque étourdi à la vue de son sexe qu'il apercevait entre ses cuisses. Elle agita les jambes et tenta de se couvrir le derrière.

— Non, Miss Stanley, dit-il d'une voix beaucoup plus basse que le son de sa paume. Vous méritez une fessée et j'attends de vous que vous vous y soumettiez.

Il lui coinça le bras derrière le dos et le maintint tout en continuant de frapper sa chair frémissante.

Le fait qu'elle se trémousse l'excitait, et il commençait à être ravi à l'idée que cette charmante créature devienne bientôt son épouse. Il pourrait la mettre dans son lit, la punir lorsqu'elle désobéirait. Il se surprit même à espérer qu'elle désobéirait souvent.

Il continua de la fesser, d'un côté puis de l'autre, en rythme, admirant sa chair qui rebondissait sous sa main.

— Aïe, oh, je vous en prie, Monsieur le Comte ! haleta-t-elle. Je ne serai plus jamais impertinente.

— Merci, Miss Stanley. J'ai presque terminé.

Il fit fermement usage de sa main, et après une nouvelle volée de claques, il réalisa qu'elle avait perdu toute combativité et qu'elle se soumettait sagement à sa punition. Il observa son visage, couché sur le sofa, et se figea.

Elle était tombée en pâmoison.

* * *

Kitty battit des cils et se retrouva face à l'expression

inquiète de Lord Westerfield. Elle se trouvait sur le sol, blottie dans ses bras. Ses fesses la lançaient, une brûlure fourmillante qui lui rappelait la position humiliante dans laquelle elle s'était trouvée.

— Vous vous êtes évanouie, lui expliqua-t-il aussitôt. J'ai ouvert votre corset afin que vous puissiez respirer.

— Oh.

Elle réalisait pleinement qu'elle se trouvait de nouveau dans une situation délicate. Sa robe avait beau être toujours en place, le dos de son corsage était ouvert, son corset était délacé, et ses dessous étaient toujours autour de ses cuisses.

Un rire hystérique lui monta dans la gorge.

— Je suis navré. J'aurais dû réfléchir à l'effet qu'aurait ma punition sur votre souffle avant de vous allonger sur mes genoux. C'était idiot de ma part.

Elle lui jeta un regard, elle avait repris ses esprits, et elle commençait à comprendre à quel point cette soirée avait dévié de la normale.

— Eh bien, j'ai repris connaissance. Pouvez-vous me laisser me relever ?

— Non.

— Comptez-vous me donner une autre fessée ?

Les lèvres de Lord Westerfield tressaillirent avec ce qui ressemblait à de l'amusement.

— Non.

— Alors... ?

— J'aimerais autant continuer à vous serrer contre moi.

Elle se mordit la lèvre pour ne pas sourire.

— Je ne devrais pas être seule avec vous.

— En effet.

— Alors allez-vous me laisser me lever ?

— Non, répondit-il d'un ton catégorique.

Elle leva les yeux au ciel et tira sur le bout de son foulard pour le dénouer. Il était audacieux de le taquiner maintenant, vu qu'il n'avait manifestement aucun scrupule à la corriger, mais il avait les yeux plissés d'amusement et lui souriait.

— Polissonne, murmura-t-il.

Elle retint son souffle. Elle ne lui avait encore jamais vu cette expression, chaleureuse et tendre. D'habitude, il semblait dur et fermé. Les angles de son visage lui donnaient l'air sévère. À présent, à la lueur de la lampe à huile, avec son visage ouvert, c'était un autre homme. Elle lui sourit.

— Toutes mes excuses, Monsieur le Comte, mon impolitesse envers vous était impardonnable.

— Pas impardonnable, dit-il avec douceur.

— Au moins maintenant, je sais à quoi m'attendre si je suis insolente, n'est-ce pas ? commenta-t-elle d'un ton ironique.

Il rit, sans cesser de la contempler avec affection. Puis son expression se fit sérieuse.

— Kitty, dit-il, et elle frissonna en l'entendant l'appeler par son prénom. Je suis navré du tour qu'ont pris les choses. J'ai compris que je m'y étais mal pris.

Elle cilla, surprise qu'il admette ses torts.

— Vraiment ?

— Bien sûr. Et je serais prêt à tout pour revenir en arrière et faire les choses dans les règles. Enfin, si je savais comment vous séduire.

Il secoua la tête avec impatience et ajouta :

— Seulement, je n'ai... eh bien, je n'ai jamais su courtiser les femmes.

Cela la fit éclater de rire.

— Voyons, je ne peux le croire, Monsieur le Comte.

Il lui adressa son superbe sourire.

— Vraiment ? Je vous assure que c'est la vérité.

Elle se mordit la lèvre et le dévisagea.

— Me permettriez-vous de lire ce contrat ?

Il sembla surpris.

— Le contrat ? Entre Maury et moi ? Pourquoi ?

Elle leva le menton.

— Mon frère refuse de me le montrer, et j'aimerais savoir quelle somme je lui ai rapportée.

Le regret envahit les traits de Lord Westerfield.

— Kitty, gémit-il. J'ai commis une erreur. Peut-on laisser cela au passé, s'il vous plaît ?

— Je veux seulement le voir, insista-t-elle.

Il la regarda un très long moment. Puis il dit avec le sérieux de quelqu'un qui prête serment :

— Je vous promets de vous le montrer un jour. Mais pour l'instant, j'espère désespérément que vous trouverez la force de me pardonner.

Étonnamment, elle sentit ses yeux s'emplir subitement de larmes, et elle se tourna dans ses bras pour les cacher. L'armature de son corset la piqua, et elle baissa les yeux, réalisant que l'un de ses seins se faisait la belle. Elle le remit immédiatement en place en rougissant.

— Je suppose que vous allez me jurer que vous n'avez rien regardé en délaçant mon corset ?

Il esquissa un sourire en coin.

— Je ne jurerai rien du tout.

Bouche bée, elle écarquilla les yeux et sentit une vague de chaleur lui monter le long du cou. Elle était choquée que Lord Westerfield, qu'elle avait pris pour un parangon de bienséance, fasse un sous-entendu aussi déplacé.

Alors qu'elle maintenait les bords de son corset, son regard croisa celui du comte et elle en eut le souffle coupé. Ses iris étaient devenus plus sombres, avides. Sans réfléchir, elle replaça une mèche de cheveux qui lui tombait sur le visage et se retrouva soudain contre lui, ses lèvres plaquées aux siennes. Elle poussa un cri de surprise et le repoussa, mais ses bras puissants étaient inflexibles. L'une de ses mains lui caressa la joue, un geste tendre et doux là où son baiser était brutal. Quelque chose céda en elle, et elle l'étreignit, lui rendant son baiser d'abord timidement, puis passionnément lorsqu'il la serra davantage.

Il lui caressa la nuque, l'épaule, puis sa main se posa sur son sein dénudé. Incapable de lui résister, elle se colla à lui, désireuse qu'il possède son sein comme il avait possédé sa bouche. Et il le fit : ses baisers sauvages suivirent le même chemin que sa main, le long de son cou, puis directement sur son sein, dont le téton se dressa avec enthousiasme. Il le suçota, causant un éclair de plaisir dans sa poitrine et entre ses jambes.

Comme s'il l'avait compris, il fit glisser sa grande main chaude de plus en plus bas, jusqu'à ses fesses qui fourmillaient toujours après sa fessée, un souvenir qui la rendait honteuse, mais lui donnait également envie de se donner à lui. Audacieuse, la main plongea entre ses cuisses et frotta le satin de sa robe contre ses couches de jupons et enflammant son centre. Elle gémit.

— Oui, dit-il d'une voix rauque.

Ses doigts se frayèrent un chemin sous ses jupons et les soulevèrent autour de ses hanches, désormais nues car ses dessous étaient toujours baissés. Elle poussa une plainte car elle se sentait vulnérable. L'idée que ses doigts touchent son sexe nu la terrifiait et l'excitait à la fois.

Quelqu'un frappa à la porte, la faisant bondir hors de ses bras. Elle se leva en toute hâte, terrifiée.

— C'est Maury ! murmura-t-elle, paniquée, en remontant frénétiquement ses dessous avant d'essayer de lacer son corset.

— Encore un instant, Stanley, lança Lord Westerfield.

Il la tira vers lui et la fit tourner, ses doigts habiles remettant corset et robe en place.

— Tout va bien, je m'en occupe, la rassura-t-il à voix basse.

Elle pivota vers lui et ouvrit des yeux horrifiés en voyant son foulard défait. Maury ouvrait déjà la porte quand Lord Westerfield le renouait.

— Westerfield, dit Maury d'un ton froid. Vous n'êtes pas encore marié à ma sœur.

CHAPITRE TROIS

*K*itty sortit en trombe, le laissant dans le bureau avec Maury. Pour l'amour du Ciel, qu'est-ce qui lui avait pris de se laisser emporter par la passion avec une jeune femme innocente ? Si Stanley n'était pas arrivé, il aurait bien pu conquérir sa petite fiancée sans attendre.

Maury fulminait.

— Alors, dois-je en conclure qu'elle a changé d'avis ?

Il se remémora Kitty, seulement quelques instants plus tôt : joues roses, lèvres gonflées par leurs baisers, cheveux échappant à leurs épingles. Son apparence échevelée était plus érotique que celle d'une femme de mauvaise vie seulement vêtue de bas. Il mit de l'ordre dans ses pensées et se racla la gorge.

— Euh, oui. Oui, elle a changé d'avis, je crois.

Stanley se détendit.

— Très bien. Je suis content de l'apprendre.

Ils allèrent se joindre au dîner, durant lequel Kitty se montra étonnamment aimable, puis Harry se rendit avec Fenton et Stanley dans le bureau de ce dernier pour un brandy. Ils s'assirent et parlèrent politique, mais durant tout ce temps, des chiffres se succédaient dans sa tête. Plus que quarante-neuf jours avant que Kitty devienne sa femme. Cela voulait dire encore six semaines à résister au désir grandissant qu'il éprouvait pour elle. Même s'il se limitait à deux visites par semaine, il devrait subir douze entrevues sans être certain qu'elle deviendrait sienne. Car en dépit du contrat, il ne vendait jamais la peau de l'ours avant de l'avoir tué.

Désireux d'échanger quelques mots avec Miss Stanley avant de partir, il fut le premier à quitter le bureau, mais il hésita sur le seuil du salon en surprenant une conversation.

— … arrangé sans vous demander votre avis, soufflait Miss Fenton. Et sans vous faire la cour. Sauf si vous comptez les deux danses au bal de Lady Maybury.

— Apparemment, il a jugé que c'était suffisant pour s'engager à vie, répondit Kitty d'un ton ironique.

— Bon, cela pourrait être pire. Lord Westerfield est un très bon parti, tout compte fait, la rassura son amie.

— Je sais, soupira Kitty, faisant bondir le cœur de Harry. Mais je ne suis pas sûre de pouvoir un jour pardonner la manière dont ils s'y sont pris.

Les voix de Stanley et Fenton interrompirent les deux femmes, et prenant une grande inspiration, il pénétra dans le salon, le cœur battant dans un rythme irrégulier.

— Miss Stanley, pourrais-je vous parler ?

Elle se leva aussitôt, mais d'un air prudent. Il ne pouvait pas lui en vouloir, compte tenu de la fessée qu'il venait de lui donner.

Il plongea la main dans sa poche et en sortit une petite boîte à bijoux.

— Votre bague, dit-il.

Elle ouvrit la boîte sans enthousiasme. Il avait choisi un énorme rubis ovale de cinq carats serti de minuscules diamants. C'était une pierre superbe, et il espérait qu'elle plairait à Kitty. Elle sembla surprise, et il crut voir ses doigts trembler lorsqu'elle saisit la bague et la glissa à son doigt. Celle-ci tourna, trop grande pour elle.

— Ils l'ajusteront pour vous chez MacArthur. Vous pouvez vous y rendre quand vous le souhaitez, ou je peux venir vous chercher pour vous y emmener.

— Je me débrouillerai, répondit-elle aussitôt, à sa grande déception.

Il sortit plusieurs cartes ornementées de sa poche et les lui tendit.

— Ce sont les invitations que j'ai reçues après mon apparition au bal de Lady Maybury. J'avais prévu de vous demander ce soir à quels événements vous comptiez assister. Il y a un bal chez les Standish dans deux semaines. Voulez-vous y aller ?

Elle lui prit les cartes des mains sans même y jeter un regard.

— Merci, cela me plairait énormément, Monsieur le Comte, répondit-elle d'un ton trop formel.

— Je viendrai à dix-neuf heures. Portez votre robe orange.

— À deux bals de suite ? Cela ne se fait pas.

— Voyez cela comme une occasion d'apprendre à obéir à votre futur mari, osa-t-il rétorquer.

Ravi, il vit le rose lui monter aux joues. Il prit sa main et la baisa.

— Je ne veux pas vous mettre en colère. Mais je vous en prie, pouvez-vous porter la robe orange ?

Ses yeux verts pleins d'intelligence le dévisagèrent, puis elle hocha presque imperceptiblement la tête.

— Comme il vous siéra.

Il souhaita bonne nuit à tout le monde puis il s'éclipsa, à la fois épuisé et fou de joie. Il n'était pas habitué à ce que ses émotions soient aussi stimulées, d'habitude. En fait, avant

Miss Kitty Stanley, il n'avait pas vraiment d'émotions tout court. Poser les yeux sur elle semblait avoir éveillé une part de lui jusqu'alors en dormance. Et il n'était pas totalement à son aise avec ces sentiments inédits.

* * *

Il tint une semaine sans lui rendre visite. Le huitième jour, elle lui envoya un mot l'invitant à se rendre chez elle, et il fit aussitôt atteler sa calèche. Il pleuvait à son arrivée, et on le fit pénétrer dans le petit salon.

Il se leva lorsque Kitty entra avec sa dame de compagnie, Miss Anderson, et il baisa sa petite main gantée. Elle s'assit avec lui et lui fit la conversation, mais elle jetait fréquemment des regards à sa dame de compagnie, comme si elle souhaitait qu'ils restassent seuls. Finalement, elle se leva et fit les cent pas devant la fenêtre en regardant la pluie.

— Si seulement le temps nous permettait de nous promener à Hyde Park, ou même de faire un tour en calèche, dit-elle d'un ton de regret.

— En effet.

— Et si vous jouiez du piano-forte pour Lord Wester-field ? suggéra Miss Anderson.

Kitty soupira.

— Souhaitez-vous m'entendre jouer, Monsieur le Comte ?

Il désigna l'instrument.

— Je vous en prie.

Elle traversa la pièce et leva les yeux au ciel dans une mimique qui n'était destinée qu'à lui et qui fit bondir son cœur. Elle s'assit et se mit à jouer, et bien qu'elle fût très douée, il ne s'agissait de toute évidence pas de sa passion.

Après deux morceaux, elle se leva et se remit à arpenter la pièce, jetant des regards à Miss Anderson avant de se laisser tomber à côté de Harry sur le sofa.

— Lord Westerfield, lui dit-elle à voix basse.

Miss Anderson comprit le message et se concentra sur son ouvrage.

— Je me demandais... nos fiançailles sont-elles toujours d'actualité ?

Il haussa les sourcils.

— Bien entendu, pourquoi une telle question ?

— Vous ne m'avez pas rendu visite. Êtes-vous toujours en colère contre moi ?

La façon dont elle le regardait était si charmante qu'il s'empara de sa main et chercha la peau nue de son poignet juste au-dessus de son gant. Il traça un cercle autour de son pouls.

— Non, chaton, dit-il avec douceur. Je ne suis pas en colère contre vous, pas le moins du monde.

Elle rougit à son contact et entrouvrit les lèvres, ses yeux pailletés d'or cherchant les siens.

— Mais pourquoi n'êtes-vous pas venu ?

Parce que je ne peux pas m'empêcher de vous toucher.

— Ça ne fait qu'une semaine, répondit-il d'un ton qui se voulait nonchalant.

Elle reprit sa main, les sourcils froncés.

— Une semaine, répéta-t-elle froidement. En effet.

Elle regagna son piano-forte, lui présentant son dos dans ce qui ne pouvait qu'être interprété comme une démonstration de rage féminine. Elle joua trois morceaux avant de se lever et de dire d'un ton poli :

— Eh bien, merci de m'avoir rendu visite, Lord Westerfield.

Il soupira. Il avait encore tout gâché.

* * *

Conformément aux souhaits de Lord Westerfield, Kitty revêtit sa robe orange pour ne pas qu'ils se disputent, secrètement ravie que cette robe audacieuse conçue selon ses directives lui ait plu. Lorsque Miss Anderson et elle le retrouvèrent dans le salon, il lui offrit un collier de rubis époustouflant assorti à sa bague de fiançailles et aux rubans de sa robe.

Elle resta un instant sans voix, incrédule à l'idée de posséder un bijou aussi cher.

— Je ne veux pas que votre cou soit le seul du bal à ne pas être paré de pierres précieuses, dit-il en la voyant sortir le collier de sa boîte, bouche bée.

Elle plongea son regard dans le sien, étonnée qu'il ait retenu ce qu'elle lui avait confié et qu'il ait voulu y remédier.

— Merci, Monsieur le Comte, parvint-elle à dire.

Elle pivota pour lui présenter sa nuque. Elle regrettait de ne pas avoir pris le temps d'aller faire ajuster sa bague, non par désir d'avoir une parure complète, mais parce qu'il lui semblait désormais impoli de ne pas avoir accordé suffisamment d'attention au cadeau que Lord Westerfield lui avait offert. Il plaça le collier autour de son cou. La cascade de rubis en forme de larmes était fraîche sur ses clavicules, et les doigts chauds du comte sur sa nuque lui donnèrent un frisson.

Dans la calèche, elle ne sut quoi dire. Ses sentiments pour lui étaient si contradictoires qu'elle ne savait pas comment agir en sa présence.

— Vous n'êtes pas si silencieuse, d'habitude.

— En effet. Mais je ne me tais pas pour vous faire plaisir, rétorqua-t-elle d'un ton plus tranchant qu'elle ne l'aurait voulu.

— Vous restez volontairement muette ?

— Non, soupira-t-elle. Je ne cherche pas à me montrer impolie. Je n'arrive pas à faire le tri dans mes sentiments pour vous.

— Vous êtes toujours en colère ?

Elle hocha la tête.

— En colère, déçue, et honnêtement, quelque peu terrifiée par notre arrangement.

— Pourquoi seriez-vous terrifiée ?

— Il s'agit d'un *mariage arrangé*. Cela signifie que mon bonheur futur repose entièrement sur un homme que je ne connais pas et qui ne me connaît pas le moins du monde, lui non plus.

— Nous apprenons à nous connaître en ce moment même. Et je vous assure que je ferai tout ce qui est en mon pouvoir pour vous rendre heureuse.

— Pourquoi m'avez-vous choisie ? À cause de mon pedigree ? Ou parce que vous vous disiez que je vous donnerais de jolis petits héritiers ?

Il se rembrunit.

— C'est ce que vous pensez ?

— Je ne sais que penser, justement.

Il la regarda longuement.

— C'est ironique, mais ce qui m'a plu chez vous, c'était votre joie de vivre, chose dont nos fiançailles semblent vous avoir privée.

Comme une idiote qui s'apitoie sur son sort, elle ravala ses larmes et se tourna vers la vitre de la calèche le temps de se remettre de ses émotions. Une fois au bal, elle se réfugia auprès d'un groupe de jeunes femmes de sa connaissance et but un verre de champagne pour soulager ses nerfs en pelote. Westerfield sembla comprendre le message, car elle ne le revit plus durant l'heure qui suivit. Ce n'est qu'alors qu'elle dansait sa seconde valse avec le jeune capitaine Furling qu'il eut l'impudence de les interrompre au beau milieu de la piste.

— Capitaine Furling, puis-je vous subtiliser ma fiancée ? Je ne l'ai presque pas vue de la soirée.

Il formulait cela comme une question, mais sa présence était imposante et son ton sous-entendait qu'il ne s'agissait pas d'une requête.

Le capitaine s'inclina puis disparut, et Westerfield la prit dans ses bras afin de la guider gracieusement dans la danse.

— Voilà qui était gênant.

Westerfield ne répondit pas. Ses mâchoires étaient serrées dans une ligne obstinée et il ne la regardait pas.

— Si vous souhaitiez danser avec moi, pourquoi ne pas me le demander au début d'un morceau, comme tout le monde ?

— J'ai oublié.

— Vous ne vouliez pas danser avec moi, n'est-ce pas ? Mais vous vouliez encore moins qu'un autre le fasse. Ou bien la valse rapproche trop à votre goût ?

Il en fit l'admission d'un petit sourire, mais ne répondit toujours rien.

— Comment sommes-nous supposés apprendre à nous connaître si vous restez muet ? J'ai l'impression que vous me voyez comme un simple divertissement, et que vous estimez ne pas avoir à me répondre.

Il planta son regard dans le sien.

— Pardonnez-moi. Vous savez déjà que je suis taciturne.

— Eh bien, lorsque je vous pose une question, j'attends au moins une réponse.

Elle se montrait impertinente, et elle s'attendait à être rabrouée, mais les lignes dures de son visage se fendirent d'un grand sourire.

— Était-ce une question ?

Elle leva les yeux au ciel, exaspérée.

— Souhaitiez-vous danser avec moi ?

— Bien sûr.

— Dans ce cas, pourquoi ne me le demandez-vous que maintenant ?

Il haussa les épaules.

— Je voulais vous laisser profiter du bal.

Elle le regarda longuement.

— Bon. Merci, je suppose.

Elle secoua la tête et reprit :

— Je ne vous comprends pas. Pourquoi m'avez-vous choisie comme future épouse ?

— Encore cette question ? Je vous l'ai déjà dit : pour votre énergie.

Elle plissa les yeux.

— C'est la vérité.

— Souhaitez-vous que je vous donne des héritiers ?

— Bien entendu. En tout cas, c'est ce qu'attend ma mère. Moi, ce n'est pas ma priorité.

— Quelle est votre priorité ?

Il sourit, et une expression espiègle apparut sur son visage.

* * *

Kitty rougit. Il aimait la voir innocente, ce qui contrastait avec son assurance habituelle.

— Car je suis encore jeune, poursuivit-elle comme si de rien n'était. Je préférerais profiter d'une autre saison avant d'avoir des enfants.

— Les enfants ne sont pas ma priorité, mais vous mettre dans mon lit, si.

Son expression choquée le fit sourire. Il se montrait aussi franc qu'elle, et elle ne s'y était pas attendue.

— Vous m'avez demandé de dire la vérité, dit-il.

Elle se reprit bien vite.

— D'accord, alors dites-moi donc autre chose : vous avez dit que vous vous y étiez mal pris, avec moi. Si vous pouviez recommencer à zéro, que feriez-vous différemment ?

— Une question intéressante.

Il la dévisagea d'un air songeur.

— Pour commencer, j'essayerais de vous séduire.

— Vous essayeriez ? Et si vous n'y parveniez pas ?

Il pinça les lèvres et se détourna.

Elle plissa les yeux.

— Vous passeriez là aussi un accord avec Maury ?

Il ne répondit rien, conscient qu'il ne pouvait pas nier.

— Vous referiez la même chose, évidemment.

— Non, je m'arrangerais avec Maury dès le départ, mais j'exigerais qu'il n'en souffle pas un mot avant que je vous aie séduite.

Elle trébucha, et il eut le plaisir de la soutenir jusqu'à ce qu'elle ait retrouvé l'équilibre et sa langue.

— C'est effroyable !

Il haussa les épaules.

— Je ne parie que lorsque je suis certain de gagner.

Elle s'empourpra, et il réalisa qu'il avait mené sa quête de vérité trop loin.

— Je ne suis pas une récompense ! s'enflamma-t-elle. Ni un objet à acquérir ! Je constate que mes sentiments ne représentent rien pour vous malgré vos excuses dépourvues de sincérité.

— Vous vous trompez.

Elle se détacha de lui.

— Si vous voulez bien m'excuser, j'ai besoin d'un autre verre. Le champagne est mon meilleur allié, ce soir.

Il envisagea de la tirer vers lui, mais faire une scène en société le répugnait. Il admira la ligne audacieuse de son dos tandis qu'elle se dirigeait d'un pas chaloupé jusqu'à la table des rafraîchissements, saisissait une flûte de champagne et la vidait d'un trait. C'était son deuxième verre de la soirée. Lorsqu'elle s'en servit un troisième, il se sentit obligé d'intervenir.

— Miss Stanley, dit-il, reprenant les formalités. Je crois que vous avez bu trop de champagne.

— Lord Westerfield, vous avez beau être impatient de me donner des ordres, vous n'êtes pas encore mon mari.

Avec un sourire en coin, elle engloutit sa flûte de champagne.

— À présent, veuillez m'excuser, ajouta-t-elle.

Elle tourna les talons et s'éloigna d'un pas théâtral.

Il soupira, le cœur lourd. Il comprenait sa colère, mais dans sa volonté de le faire sortir de ses gonds à son tour, elle allait trop loin. Manifestement, il ne pouvait rien dire ou faire pour mériter son pardon. Combien de temps cette situation durerait-elle ? Un mois ? Un an ? Il serra les dents. Elle ne gagnerait pas ce bras de fer contre lui, mais il voulait qu'elle soit heureuse, pas qu'elle se résigne.

Après cela, il se fit discret, et la laissa danser avec d'autres messieurs sans intervenir. Il ne comptait plus danser, mais Lady Dunning, leur hôtesse, fit de lourds sous-entendus pour qu'il la mène sur la piste. Kitty s'y trouvait aussi, sur le point de danser avec Lord Fenton.

— Est-il vrai que vous êtes fiancé à Miss Stanley ? s'enquit Lady Dunning.

— Oui, c'est vrai.

— Qu'allez-vous faire au sujet de Lord Fenton ? demanda-t-elle avec une expression lourde de sens.

Il jeta un coup d'œil aux deux cavaliers. Une impression de malaise monta dans sa poitrine.

— Que voulez-vous dire ?

Elle ne répondit pas, se contentant de lui adresser un regard qui semblait signifier « Allons donc, ne soyez pas idiot » qui lui donna un frisson.

Kitty et Lord Fenton ? Il avait appris lors du dîner qu'ils étaient amis d'enfance, mais il n'avait rien soupçonné. Son cœur tambourinait dans sa poitrine, des gouttelettes de sueur coulaient le long de ses flancs. Il serra les dents.

Il ne perdrait pas ce pari.

Kitty Stanley lui appartenait.

* * *

— Je crois qu'il a changé d'avis à mon sujet.

— Qu'est-ce qui vous fait croire une telle chose ? demanda Teddy tout en la guidant gracieusement à travers la piste pour leur seconde danse.

— Promettez-moi d'être discret.

Kitty avait du mal à supporter de tournoyer après trois flûtes de champagne.

— Moins vite, Teddy, sinon je serai étourdie.

Il rit et arrêta de la faire tourner.

— Je vous promets d'être discret.

— Vous souvenez-vous de ma grossièreté lors du dîner, le soir de l'annonce de nos fiançailles ?

Elle avait du mal à articuler, et elle gloussa.

Teddy hocha la tête.

— Eh bien, Westerfield m'a donné une fessée, puis je me suis évanouie, et quand je me suis réveillée, j'étais dans ses bras avec mon corset ouvert.

— Non ! s'exclama Teddy d'un ton amusé.

— Ensuite, il m'a embrassée, mais Maury nous a interrompus.

Son ami lui jeta un regard interrogateur.

— Et après ?

Elle haussa les épaules.

— Il ne m'a pas rendu visite pendant une semaine. Et ce soir, il m'emmène au bal, mais ne m'invite à danser qu'après mes deux valses avec le capitaine Furling, sans me prêter la moindre attention le reste du temps. Quel est le sens de ses agissements, selon vous ? L'ai-je mal embrassé ?

Teddy éclata de rire.

— Non, très chère, je ne pense pas que le problème soit là.

— Alors quoi ?

Il jeta un regard à l'autre bout de la piste, où Lord Westerfield dansait avec Lady Dunning.

— Je ne sais pas. Il vous pense peut-être en colère.

Elle souffla.

— Bien sûr que je suis en colère, mais je lui pardonnerais plus aisément s'il me faisait la cour comme il l'avait promis.

— Eh bien, dit Teddy d'un air songeur. Il est en train de danser avec Lady Dunning. Nous pourrions faire d'une pierre deux coups.

— C'est à dire ?

— Tentons de le rendre jaloux !

— Ah, et nous jetterions par la même occasion Lady Dunning dans vos filets !

— Exactement.

— Il me semble qu'elle a déjà compris vos intentions, bien qu'elle ne semble pas les accueillir avec joie.

La danse prit fin, et Teddy la guida à l'écart de la piste.

— Venez, voyons s'il nous suit, murmura-t-il.

— Et s'il n'est pas jaloux, quelle conclusion en tirer ?

Teddy reprit son sérieux.

— Qu'il a changé d'avis. Seriez-vous dévastée ?

Le champagne devait être en cause, car elle éprouva soudain l'envie de pleurer. Au lieu de cela, elle plaqua un sourire sur son visage.

— Bien sûr que non, bafouilla-t-elle. Je n'ai jamais voulu de ces fiançailles, moi.

— Je sais, ma chère, dit-il avec douceur, et elle comprit qu'il avait lu en elle.

— Il me faut plus de champagne, déclara-t-elle pour changer de sujet.

— Je pense que vous avez assez bu. Si vous continuez, Westerfield sera obligé de vous porter chez vous.

— Non, insista-t-elle. J'en veux un autre verre. Venez.

Elle parlait trop fort, le tirait par le bras.

— Kitty, murmura-t-il. Vous commencez à attirer l'attention.

— Tant mieux, rétorqua-t-elle sans baisser la voix.

Elle atteignit la table des rafraîchissements, mais Miss Anderson apparut, nerveuse.

— L'abus de champagne est mauvais pour la silhouette, Miss Stanley.

— Nous partons, Miss Stanley, intervint Lord Westerfield de sa voix grave.

Elle le regarda d'un air hébété, la vision floue. Elle s'agrippa de plus belle au bras de Teddy, et son fiancé se renfrogna.

— Allez-vous-en, Fenton, gronda Westerfield.

Elle sentit son ami essayer de se dégager de sa poigne, mais elle le serra encore plus fort. Le souvenir de sa précédente querelle avec son fiancé au sujet du champagne lui revint en mémoire et elle mit un point d'honneur à boire une autre flûte.

Westerfield la lui arracha des mains, renversant du champagne sur sa robe. Elle poussa une exclamation furieuse. Teddy lui tendit un mouchoir, mais elle perdit l'équilibre, vacilla, et dans la confusion, Teddy appliqua le mouchoir sur son décolleté. En un instant, le poing de Westerfield fendit l'air et s'écrasa sur la mâchoire de Teddy. Le son révoltant d'un os qui craque causa des cris dans la foule. Kitty poussa une exclamation horrifiée. Lord Westerfield la saisit par le bras et se mit à l'éloigner de la scène.

— Ne faites pas attention à lui, lança-t-elle d'une fois forte. Nous sommes fiancés. Il a remboursé les dettes de jeu de mon frère pour gagner le droit de fracasser la tête de mes cavaliers !

— Ça suffit ! siffla Westerfield.

Il piétina par mégarde le bas de sa robe, et elle trébucha, seulement retenue par la main du comte sur son bras. Elle entendit d'autres exclamations et murmures tandis qu'elle se redressait, et c'est ainsi qu'elle réalisa que ses deux seins avaient échappé à son corsage.

— Pour l'amour du Ciel, Kitty ! grommela-t-il.

Elle se hâta de remettre sa robe en place, le visage rouge vif. Il lui fit traverser le manoir à grands pas, puis ils sortirent, Kitty trottinant à sa suite, aussi impatiente que le comte de quitter cette scène abominable.

Elle haletait, son corset trop serré pour une telle situation. Westerfield n'attendit pas que sa calèche soit appelée. Il alla la cherche lui-même, poussa Kitty à l'intérieur et donna des ordres au cocher.

Elle était consciente de plusieurs choses à la fois : Miss Anderson paniquerait sans doute après l'avoir vue partir sans chaperon, l'esclandre détruirait à jamais sa réputation, Maury serait furieux d'un tel scandale. Puis, tandis qu'elle restait assise en silence, elle songea à d'autres conséquences, plus graves. Westerfield risquait de rompre leurs fiançailles, ce qui aurait un impact sur les finances de Maury et le ruinerait pour de bon, sans parler du fait qu'elle aurait sûrement le cœur brisé. Car pour être honnête, Westerfield était monté dans son estime, et à présent, l'idée qu'il ne devienne *pas* son mari était plus dévastatrice que sa colère initiale à l'idée d'un mariage arrangé.

Écœurée, elle tenta de raisonner avec Westerfield :

— Je n'aurais pas dû dire cela, Monsieur le Comte. Je suis navrée.

Il ne répondit pas, ne la regarda même pas.

Elle referma la bouche, effrayée. S'imaginait-il qu'il y avait quelque chose entre Teddy et elle ? Ou bien était-il simplement furieux qu'elle l'ait humilié ? Elle tira sur le rideau et regarda par la fenêtre. Le paysage ne lui était pas familier.

— Vous ne me reconduisez pas chez moi.

— Non.

Son cœur s'emballa. Où l'emmenait-il ? Après un court trajet, la calèche se rangea devant ce qui devait être la demeure du comte, et il la fit descendre sans un mot.

Son cœur battait douloureusement contre ses côtes tandis qu'elle le laissait la guider à l'intérieur, traversant une antichambre aux sols couverts de marbre avant de monter un escalier menant à sa chambre. Il congédia son valet, qui se hâta d'allumer la lampe. Elle resta debout, tremblante, tandis qu'il l'ignorait, ôtait sa veste et son gilet, enlevait ses boutons de manchette et se retroussait les manches. L'inconnu – ne pas savoir ce qu'il pensait, ce qu'il comptait lui faire – était plus terrifiant que tout ce qu'elle pouvait imaginer. Lorsqu'il s'empara d'un cuir à rasoir, elle fut presque soulagée.

Des coups de fouet.

Elle frémit. Mais au moins désormais, elle savait.

— Déshabillez-vous, Kitty.

Elle s'entendit haleter, mais elle resta figée sur place.

Il haussa un sourcil.

— Immédiatement.

Elle tordit les bras derrière elle, mais sans aide, elle n'arrivait pas à ôter sa robe.

— Pourriez-vous appeler une femme de chambre ? suggéra-t-elle, le regard implorant.

Il sembla comprendre.

— Approchez.

Au début, elle fut incapable de bouger face à son regard fixe, son visage dur comme la pierre. Finalement, ses pieds obéirent, avançant par tout petits pas jusqu'à ce qu'elle se retrouve devant lui. Il jeta la bande de cuir sur le lit et la prit par les épaules, la faisant pivoter avec une douceur étonnante. Elle était intensément consciente de son souffle sur sa nuque, de chaque crochet de sa robe qu'il défaisait. Elle se représenta ses grandes mains manipulant les petites agrafes et se souvint de la sensation de sa paume sur ses fesses, dure comme une planche de bois. Bientôt, le cuir à rasoir la remplacerait. Elle frémit. Sa robe s'ouvrit et tomba sur le sol, puis il délaça son corset, ses jupons et ses dessous. Tout son corps tremblait tandis que pièce après pièce, il la débarrassait de ses atours jusqu'à ce qu'elle se retrouve seulement vêtue de ses bas et de son porte-jarretelles.

— Penchez-vous sur le lit, Kitty, dit-il d'une voix rauque.

Elle lui jeta un regard apeuré par-dessus son épaule, et il hocha la tête.

Lentement, elle coucha le buste sur le bord du lit, coinçant les bras sous sa poitrine et posant la joue sur la soie fraîche de l'édredon. Ses yeux s'embuaient déjà, pas par peur de cette punition, mais parce qu'elle avait honte d'avoir besoin d'être disciplinée.

— Pardonnez-moi, Monsieur le Comte, sanglota-t-elle.

Elle ne fut pas surprise de ne pas obtenir de réponse.

Elle serra les fesses par anticipation et poussa un cri aigu au premier coup, une fine ligne qui atterrit pile au milieu de son derrière. Le deuxième coup tomba juste sous le premier, et ainsi de suite. L'impact en lui-même était supportable, mais une brûlure lui succédait. Il descendit, puis remonta. Elle se tortillait et criait à chaque coup cinglant, des larmes chaudes mouillant le couvre-lit. Il était lent et méthodique ; précis, comme le mathématicien qu'il était. Lorsqu'il frappa l'arrière de ses cuisses, elle cria dans le couvre-lit, le mordit pour éviter de réveiller les domestiques. Il continua de la fouetter, et elle sentait ses hanches trembler malgré ses efforts pour rester immobile et accepter sa punition.

Une éternité sembla s'écouler avant qu'il arrête, laissant tomber la lanière de cuir sur le sol. Elle l'entendit soupirer. Une claque sur ses fesses endolories intensifia la brûlure de chaque ligne de feu. Il la frappa à plusieurs reprises avec sa paume, qui n'était pas plus clémente que le cuir à rasoir, et pourtant plus intime.

— Je suis désolée, sanglota-t-elle, la tête tournée sur le côté pour lui parler. Je suis navrée, Harry.

En l'entendant employer son prénom, il s'interrompit. Elle ne pouvait se résoudre à le regarder, mais elle sentait ses yeux la transpercer, et la respiration saccadée du comte trahissait ses émotions. Il abattit de nouveau la paume sur son derrière, mais avec possessivité, cette fois. Il pétrit sa chair à deux mains, un geste à la fois douloureux et satisfaisant. Il respirait de plus en plus fort, comme émoustillé. Elle resta immobile, sa croupe la seule offrande qu'elle pouvait lui faire.

Il lui caressa les fesses, puis les écarta, exposant son petit trou de derrière. Elle sursauta et se contracta, se trémoussa pour lui échapper, avant de recevoir une claque sur le derrière. Il se remit à la caresser à deux mains, puis descendit derrière ses cuisses et les écarta, obligeant Kitty à séparer ses pieds. Ses jambes flageolantes refusaient de la porter plus longtemps.

Une vive claque assénée entre ses jambes la submergea de

terreur. Elle tenta de monter sur le lit pour lui échapper, mais il l'attrapa par les hanches et la tira en arrière, une main pressée dans le creux de ses reins pour la maintenir tandis qu'il lui écartait les jambes avec son pied. Il frappa encore plusieurs fois son sexe délicat et elle réalisa, honteuse, qu'elle était trempée. Le bruit mouillé de sa chair rendait les claques encore plus résonnantes. Il ne frappait pas si fort que cela. Si elle s'agitait, c'était surtout car ces gestes éveillaient chez elle une panique teintée de curiosité. Il pétrit sa chair en cercles fermes, possessifs. Une autre claque s'écrasa sur son sexe et il y laissa sa main, glissant un doigt entre ses replis mouillés et gonflés. Il chercha son entrée secrète et s'y faufila.

Elle gémit, sans savoir si elle protestait ou l'encourageait. Il plongea en elle et hors d'elle, attisant chez elle le désir de le sentir plus profondément. Elle entendit un bruissement de tissu et réalisa qu'il allait s'emparer d'elle ainsi. Mi-enthousiaste, mi-effrayée à cette idée, elle enfouit de nouveau le visage dans le lit, tous ses muscles crispés. Une pression ferme et chaude à son entrée réveilla son désir, encore plus que lorsqu'il l'avait fait avec ses doigts, et elle sentit que cet acte, bien qu'effrayant, était naturel. Il se pressa en elle et sa chair s'étira dans un cercle de feu. Il s'enfonçait malgré la résistance de sa chair. Elle poussa un petit cri de douleur et il se figea en elle.

— Kitty ! s'exclama-t-il d'une voix étranglée.

CHAPITRE QUATRE

Où avait-il la tête ? Il venait de déflorer sa fiancée avant le mariage. Sans parler du fait qu'il l'avait traînée hors du bal sans chaperon, un scandale bien plus grave que celui qu'avait causé Kitty.

Il se retira lentement, tentant de ne pas accroître sa douleur, son membre déjà dégonflé alors qu'il retrouvait la raison.

C'était impardonnable.

Il avait la nausée. Tremblant, il ramassa une couverture et la couvrit avec, puis il s'assit au bord du lit, la prit dans ses bras et l'emmitoufla. Elle se blottit contre son torse en reniflant.

— Kitty, s'étrangla-t-il en tentant de mettre de l'ordre dans les événements de l'heure passée. Je suis navré... je n'aurais pas dû faire cela. J'ai perdu la tête.

— Ce n'est pas grave, dit-elle dans un sanglot, bien qu'il la sente trembler de tout son corps. Je suis confuse d'avoir agi ainsi. Je n'aurais jamais dû vous traiter avec une telle grossièreté, et j'aurais dû vous écouter au sujet du champagne.

— Kitty, je tiens à vous le demander... Qu'y a-t-il entre Lord Fenton et vous ?

Elle leva la tête pour lui répondre.

— Rien, je vous le jure, dit-elle, le regard implorant. Je tentais seulement d'attiser votre jalousie, et Teddy voulait faire passer un message à Lady Dunning.

Sa voix était pleine de larmes.

Lady Dunning. La poitrine de Harry se serra tellement qu'il peinait à respirer. Elle l'avait manipulé avec tant de facilité. Il s'était montré jaloux et avait causé une scène sans raison.

— Allons, allons, ne pleurez pas, murmura-t-il. Tout va bien, chaton.

Mais tout n'allait pas bien. Toute sa maîtrise de lui, tous ses durs efforts envolés en un instant, son univers sens dessus dessous. Il s'était emparé de son innocence et avait détruit sa réputation contre son gré.

Elle le regardait d'un air angoissé, attendant toujours son pardon, alors que c'était lui le coupable. Il se pencha et l'embrassa sur le front, caressa ses cheveux acajou et en ôta les épingles, une par une. Elle renifla de nouveau et il sortit son mouchoir, qu'il lui tendit. Elle se moucha, puis ôta ses gants.

— Je suppose que vous ne serez pas choqué de voir mes mains, à présent ?

Sa tentative d'humour teintée de chagrin lui fit l'effet d'un coup de poignard en plein cœur. Il s'efforça de sourire.

— Kitty...

Il s'interrompit, car il ne savait que dire.

Elle prit la main qu'il avait emmêlée dans ses cheveux et porta ses doigts à ses lèvres pour les embrasser. Le cœur de Harry s'arrêta, et il dut ravaler les larmes qui lui montaient aux yeux. Il lui baisa de nouveau le front.

— Je vais vous faire chauffer un peu de lait pendant que vous vous rhabillez.

— Merci, dit-elle.

Elle semblait déçue, bien qu'il ne puisse imaginer pour quelle raison. Lorsqu'il réapparut avec le lait, elle portait de nouveau sa robe orange, désormais froissée et tachée à cause du champagne. Elle avait besoin de lui pour lacer son corset et agrafer sa robe, et il s'exécuta avec des doigts tremblants. Elle but son lait, l'air exténué, les yeux rougis par les larmes, le visage pâle. Quand elle eut terminé, il lui prit le verre des mains et le posa.

— Venez, je vous raccompagne chez vous.

Le trajet s'effectua en silence. Il ne cessait de repenser au moment où il avait rompu sa résistance virginale tel un Viking en maraude. Lorsqu'ils arrivèrent devant chez Kitty, il était parvenu à la seule décision raisonnable : il devait renoncer à elle. Elle n'avait jamais voulu l'épouser, et maintenant qu'il avait abusé d'elle, elle le haïrait. Il serait injuste de la forcer à passer sa vie avec un homme qu'elle ne pourrait jamais pardonner.

L'aube était proche, et le ciel nocturne avait la couleur d'une ecchymose. La respiration de Kitty s'emballa tandis qu'il la menait à la porte, et elle serra les doigts sur son bras, le tira en arrière comme pour les faire ralentir.

— Maury... commença-t-elle.

— Je m'en occupe.

Il frappa à la porte. Il entendit Kitty renifler, et il posa une grande main sur la sienne pour la rassurer. Le majordome les laissa entrer en s'inclinant, le visage défait par le sommeil.

— Je souhaite m'entretenir avec Lord Stanley, déclara Harry comme s'il s'agissait d'une heure acceptable pour rendre visite à un ami.

— Lord Stanley n'est pas encore rentré, répondit le majordome avec raideur.

La main de Kitty se serra sur son bras, et il perçut son message silencieux.

— Dans ce cas, je l'attendrai, dit-il.

— Comme il vous siéra.

Le majordome les escorta jusqu'au petit salon.

Quand ils furent enfin seuls, il se tourna vers Kitty.

— Allez vous coucher, j'arrangerai les choses avec votre frère.

Il avait l'intention de libérer Maury du contrat, tout en remboursant ses dettes comme promis.

— Non, répondit obstinément Kitty. J'attends avec vous.

Comme il n'avait pas le cœur à lui refuser quoi que ce soit, il s'installa sur le sofa et la fit asseoir à ses côtés.

La porte s'ouvrit, et Miss Anderson entra d'un pas vif, vêtue de sa robe de chambre.

— Vous voilà ! s'exclama-t-elle d'une voix aiguë.

Kitty se raidit.

— Retournez vous coucher, Miss Anderson, intervint-il. Je parlerai à Lord Stanley.

La dame de compagnie lui fit la révérence.

— Très bien, Monsieur le Comte.

Elle les laissa, et il passa un bras autour de Kitty, la serra contre lui, lui offrit son épaule si elle souhaitait s'y reposer. Elle s'endormit en quelques minutes. Il ferma les paupières à son tour, réveillé en sursaut par le retour de Miss Anderson.

— Pardonnez-moi, mais Lord Stanley n'est jamais rentré cette nuit.

Il jeta un regard hébété alentour et réalisa qu'il faisait grand jour. Sur le manteau de la cheminée, l'horloge indiquait dix heures.

Kitty se leva dans une exclamation.

— Il a dû lui arriver quelque chose !

Harry soupira. Il en doutait fortement, mais il comprenait qu'elle soit inquiète.

— A-t-il déjà découché ?

— Jamais ! s'exclama-t-elle, se tordant les mains tout en

faisant les cent pas. Bien sûr, il lui arrive parfois de rentrer très tard, mais il n'a jamais passé toute la nuit dehors. C'est le milieu de la matinée ! Je vous en prie, pouvez-vous l'aider ?

Il ne soupçonnait pas de catastrophe. Il était plus probable que Lord Stanley, las des colères de sa sœur, se soit réfugié dans le jeu, l'alcool et les jupons. Toutefois, elle lui demandait de l'aide, et il lui devait au moins cela.

— Je me rends immédiatement rue St James.

Elle s'agrippa à son bras, lui envoyant une vague de plaisir.

— Emmenez-moi.

Quand il fronça les sourcils, elle l'implora :

— Je vous en prie. Je ne peux pas tourner en rond ici toute la matinée, je deviendrai folle !

Il contempla son visage anxieux et réalisa qu'il avait de nouveau la preuve de son exquise expressivité. Quand elle était contente, elle débordait de joie, quand elle était en colère, elle explosait. À présent, rongée d'angoisse pour son frère, il était évident qu'elle ne trouverait pas le repos avant d'avoir été rassurée.

— Ce n'est pas approprié...

— Le comte a raison, Miss Stanley, intervint sa dame de compagnie.

— Nous resterons dans la calèche, insista Kitty. Avec les rideaux tirés. Je vous en prie, Monsieur le Comte ?

Elle le regardait avec un air implorant qu'il était incapable de décevoir. Il soupira et secoua lentement la tête tout en grommelant :

— J'ai perdu la raison.

— Vous acceptez de nous emmener ?

Il hocha la tête.

— Merci, souffla-t-elle. Je vais de ce pas changer de robe !

* * *

Kitty tentait de dissimuler son inconfort. Elle avait le derrière en compote après sa fessée et les ballottements de la calèche ne faisaient rien pour l'apaiser. Son esprit était sens dessus dessous. Penaude après ses agissements au bal, elle savait qu'elle avait mérité la correction que lui avait donnée Lord Westerfield, bien qu'elle fût choquée qu'il ait aggravé le scandale en partant avec elle sans chaperon. Une idée terrifiante s'imposa à elle. Et si l'intention du comte avait été de détruire sa réputation, avant de renoncer à l'épouser ? Elle ne pourrait plus jamais se montrer en société. Il s'agirait de la pire vengeance possible, après la façon dont elle l'avait humilié.

Elle lui coula un regard. Non. Il ne serait pas en train de l'aider s'il voulait la détruire.

Sauf s'il comptait rompre son contrat avec Maury. Ses poils se dressèrent sur ses bras. Était-il du genre vengeur ?

Lord Westerfield les mena au Spencer's, et demanda au cocher de promener Kitty et Miss Anderson jusqu'à son retour. Lorsqu'il revint, il leur apprit que Maury ne se trouvait pas dans la maison de jeu, mais qu'il y était passé. Le patron pensait qu'il s'était ensuite rendu dans une maison close, leur arrêt suivant. Là-bas, Lord Westerfield découvrit que Maury était parti pour un troquet à la réputation encore plus douteuse que le Spencer's. Il ordonna au cocher de se ranger dans une ruelle, sûrement afin de ne pas y être vu.

Alors qu'ils pénétraient dans la ruelle, ils surprirent une escarmouche.

— Maury ! s'exclama-t-elle en apercevant son frère au centre de la mêlée.

— Arrêtez-vous là, indiqua Westerfield au cocher tout en

se débarrassant de sa veste et en desserrant son foulard. J'aurai besoin de votre aide !

Un homme tenait les bras de Maury en arrière tandis qu'un autre lui assénait des coups de poing dans les côtes. Un troisième homme se tenait non loin et comptait de l'argent. Lord Westerfield bondit hors de la calèche dès qu'elle s'arrêta, suivi de près par son cocher, qui prit le temps de nouer la longe pour que les chevaux ne s'enfuient pas.

Lord Westerfield étrangla l'agresseur, mais son avantage ne dura qu'un instant, car le troisième homme se jeta sur lui.

— Harry ! l'avertit Kitty.

Il donna deux coups de poing puissants au troisième homme avant que le premier ne le frappe en plein ventre. Son cocher s'occupa d'un autre agresseur et ils se retrouvèrent à égalité, trois contre trois, bien que Maury n'ait pas les gestes vifs. L'un des hommes cria quelque chose en direction du troquet pour avoir des renforts.

Kitty se tenait sur le marchepied et se demandait comment reprendre l'avantage. Lord Westerfield l'aperçut et lui adressa un regard menaçant tout en indiquant l'intérieur de la calèche. Son regard sévère lui donna un frisson dans les entrailles, et ses fesses se remirent à la lancer lorsqu'elle se souvint des conséquences. Elle rentra à la hâte dans la calèche, mais continua d'observer la scène par la fenêtre.

Repoussant son adversaire, Lord Westerfield donna un nouveau coup de poing à l'agresseur de Maury, qui tomba à terre. Maury se tourna vers lui.

— Merci, mais je vous devais ça pour ma sœur, dit-il en abattant le poing sur son fiancé.

Étonnamment, Lord Westerfield commença à esquiver le coup, avant de se remettre sur sa trajectoire pour l'accepter. Il l'encaissa sans broncher. La porte de service du troquet s'ouvrit à la volée.

— Nous en discuterons plus tard ! lança Lord Westerfield à Maury.

Les trois hommes se ruèrent dans la calèche. Le cocher défit la longe et se mit en route alors que deux hommes supplémentaires se précipitaient dans la ruelle. L'un d'eux les rattrapa et se hissa sur le marchepied.

— Dehors ! siffla Lord Westerfield en lui assénant un coup de pied au genou qui lui causerait assurément des séquelles.

L'homme tomba dans un hurlement de douleur.

Le comte et Maury s'assirent et reprirent leur souffle sous les yeux exorbités de Kitty et de sa dame de compagnie. Maury puait l'alcool et ses beaux vêtements étaient si chiffonnés qu'il aurait pu être pris pour une canaille. Lord Westerfield lui tendit son mouchoir afin qu'il essuie son nez en sang.

— Quelle était la raison de cette scène ?

— Ils ont triché ! Ils ont triché, et ils ont refusé de me payer. Ensuite, ils ont prétendu que je m'étais déjà endetté auprès d'eux, dit Maury, la voix nasillarde à cause de son nez enflé.

Elle lâcha un reniflement dubitatif. Son frère se tourna vers elle.

— Il me semble que tu n'es pas non plus au-dessus de tout reproche, je me trompe ?

Même Miss Anderson se ratatina sur son siège. Kitty observa le visage esquinté de son frère, qui s'enfonça dans le capitonnage de la calèche.

— Je te hais, Maury, marmonna-t-elle enfin. Profondément.

Son frère posa la tête sur son siège et ferma les yeux.

— Je sais, dit-il d'un ton las. Je me hais aussi.

Un silence médusé suivit cet aveu. Maury ouvrit son œil indemne.

— Je suis navré, Kitty, dit-il d'une petite voix. Vraiment navré. Je n'avais pas l'intention de gâcher ta vie en même temps que la mienne.

Elle fondit en larmes.

— J'espère qu'un jour tu me pardonneras.

— Oh, Maury, espèce d'idiot !

Sanglotante, Kitty se leva de son siège, obligeant Harry à la maintenir par la taille alors qu'elle se jetait au cou de son frère. Maury la serra contre lui, forçant Miss Anderson à quitter sa place pour s'installer aux côtés de Harry. Kitty se pelotonna contre son frère, la tête sur son torse, entourée par l'un de ses bras protecteurs.

— J'ai entendu des rumeurs sur vous deux, cette nuit, dit-il. De quoi s'agit-il ?

Elle se sentit rougir de honte. Le récit de ses agissements n'avait pas tardé à voyager jusqu'à la maison de jeu.

— Je suis navrée, Maury. Je me suis mal comportée. Très mal. J'avais trop bu et...

Elle laissa sa phrase en suspens et jeta un regard à Lord Westerfield. Elle déglutit.

— Je me suis mal comportée, répéta-t-elle, yeux baissés.

— Westerfield ? demanda Maury.

— Je vous libère du contrat de mariage, dit le comte d'un ton maussade.

Kitty sentit son sang se glacer.

— Je vous payerai la somme promise dans sa totalité, mais Kitty n'est plus tenue de m'épouser.

Étourdie, elle tira sur son corset afin de gonfler la poitrine. Sous le choc, elle haletait.

— C'est inacceptable, Westerfield. Vous avez souillé sa réputation en la traînant hors de ce bal sans chaperon, vous ne pouvez pas l'abandonner.

— Il y a quelque chose que... vous ne comprenez pas, dit Harry avant de déglutir.

Le cœur de Kitty s'emballa.

— Quoi donc ? demanda Maury d'un ton sec.

— J'ai... abusé d'elle.

Une bouffée de chaleur envahit Kitty, remplaçant le courant glacé si vite qu'elle craignit de s'évanouir. Miss Anderson semblait scandalisée. Maury plongea en avant pour prendre Lord Westerfield à la gorge. Il lui cogna la tête contre la paroi de la calèche.

— Salopard !

— Je sais, dit le comte d'une voix étouffée.

— Arrête, Maury ! s'écria Kitty en tirant son frère par le bras. Arrête !

Le regard de Lord Westerfield plongea dans le sien, révélant une profondeur d'émotions qu'elle ne comprenait pas. Son frère le perçut peut-être également, car il relâcha sa prise, permettant à Harry d'inspirer profondément.

— Vous l'épouserez, Westerfield, ou je vous provoquerai en duel.

Le regard du comte était toujours rivé sur elle, avide, désespéré.

— Seulement si elle veut de moi, dit-il à voix basse.

Elle respira profondément et tenta de ne pas dévoiler l'ampleur de son soulagement.

— Je n'ai guère le choix, si je souhaite fréquenter la bonne société.

Maury lâcha la gorge de Lord Westerfield et se rassit.

— Alors c'est entendu. Vous vous rendrez avec elle à Gretna Green immédiatement, dit-il.

Gretna Green était le premier relais de poste après la frontière écossaise. Là-bas, un couple pouvait se marier sans attendre la publication des bans, et sans accord parental dans le cas où l'une des deux parties était mineure.

Elle fut consternée de voir que le comte semblait terriblement malheureux lorsqu'il acquiesça.

* * *

Harry rentra chez lui pour préparer une malle de voyage, puis il retourna chercher sa future épouse. Il avait l'impression qu'une pierre lui pesait sur l'estomac. Il avait beau s'être réjoui d'obtenir la main de Kitty par l'intermédiaire d'un contrat avec son frère, savoir que ses actes discourtois obligeaient la jeune femme à l'épouser le chagrinait. La honte qui imprégnait tout son corps lui était familière : c'était la même honte qu'il avait souvent éprouvée étant enfant.

Son père était impossible à satisfaire, et ses critiques incessantes étaient dirigées contre tous : le personnel de maison, sa mère, et par-dessus tout, son fils unique. Quand l'une de ses diatribes commençait, Harry gardait le silence et se réfugiait dans une discipline : il comptait, effectuait des divisions et résolvait des problèmes mathématiques, mettait de l'ordre dans son univers grâce à la solidité rassurante des nombres. À présent, il se surprenait à compter les lieues nécessaires pour atteindre l'Écosse, avant de les convertir en heures et en minutes de voyage tout en tenant compte des arrêts.

Lorsqu'il récupéra Kitty, elle semblait maîtresse d'elle-même, et il s'émerveilla à nouveau de son calme. Il l'aida à monter dans la calèche, et la voyant grimacer en s'asseyant, il lui proposa l'un des coussins de son siège. Rougissante, elle l'accepta.

— Merci, Monsieur le Comte.

Au bout d'une demi-heure, elle commença à avoir les paupières lourdes, puis elle s'assoupit. Elle paraissait si fragile, avec sa tête qui se balançait dangereusement contre le dossier de la calèche, ses cils posés en éventail sur ses cernes noirs. Sans faire un bruit, il alla s'asseoir à ses côtés et posa sa tête sur son épaule. Elle ouvrit les yeux et le regarda d'un air surpris. Il se prépara à ce qu'elle le rejette, mais elle replaça lentement sa tête sur son épaule et referma les paupières.

C'était un geste anodin, mais il le savoura et glissa un bras autour de ses épaules pour lui servir de coussin, content de pouvoir la soulager même un peu.

Ils voyagèrent sans s'arrêter, à part pour prendre leurs repas et pour changer de chevaux, toute la journée, toute la nuit et de nouveau toute la journée du lendemain avant de s'arrêter dans une auberge pour dormir.

— Souhaitez-vous une chambre à part ? demanda-t-il à Kitty en l'aidant à sortir de la calèche.

Ils avaient beau être las de voyager en silence dans la calèche exiguë, il aurait regretté de passer la nuit sans sa tête sur son épaule.

Kitty jeta un regard en direction de l'auberge et secoua doucement la tête.

— Non, merci. Partager une chambre avec vous ne peut pas être pire que de partager une calèche.

Il lui tendit le bras.

— En êtes-vous certaine ? demanda-t-il d'un ton sardonique.

Elle jeta un regard entendu à son sac de voyage.

— Pas si vous avez emporté votre maudit cuir à rasoir !

Il sourit, prit d'un élan d'affection envers elle et sa capacité à dénouer la plupart des tensions avec grâce. Elle saisit son bras et soupira, l'air plus fatigué que la veille. Il alla demander une chambre et ils prirent un repas froid.

— Monsieur le Comte, j'ai mal à la tête et je pense qu'un peu d'air frais me ferait du bien, dit-elle d'un ton hésitant.

— Bien sûr. Je vous accompagne en promenade.

— Merci.

Il lui offrit son bras et ils marchèrent avec lenteur le long de la petite route du village, s'imprégnant de l'odeur de foin fraîchement coupé, du bêlement des moutons au loin. Lorsqu'ils tournèrent au bout de la rue, ils se retrouvèrent au centre d'un grand rassemblement. Il s'agissait surtout d'hommes et de garçons, mais quelques villageoises étaient également présentes. Tous se tenaient en cercle et poussaient des cris hostiles.

— De quoi s'agit-il ? demanda Kitty.

— Je l'ignore.

— Allons voir, voulez-vous ?

Il aurait acquiescé à n'importe quelle requête de sa part, malgré ses doutes, et il la laissa ouvrir la marche jusqu'au rassemblement. Une fois plus près, il réalisa qu'il s'agissait d'un combat de coqs. Il s'arrêta net, passa un bras autour de la taille de Kitty et lui fit rebrousser chemin.

— Qu'y a-t-il ? De quoi s'agissait-il ?

— D'un combat de coqs.

— Non ! souffla-t-elle. Est-ce barbare ?

— Oui. Ce devrait être rendu illégal, même si cela ne risque pas d'arriver.

— Pourquoi cela ?

Il haussa les épaules.

— La motion n'obtient jamais assez de votes au Parlement. Thomas St John, un vieux camarade de classe, est à la tête de la Société pour la prévention de la cruauté envers les animaux, et il a tenté de faire abolir les combats de coqs et d'ours, mais cela n'aboutit jamais.

Kitty prenait davantage appui sur son bras, à présent.

— Vous êtes exténuée, n'est-ce pas ? Venez, regagnons l'auberge.

Une fois dans leur chambre, Kitty jeta un regard hésitant à sa malle.

— Voulez-vous que je demande à une femme de chambre de vous aider à vous dévêtir ?

Elle hésita, puis déglutit.

— Nous, vous pouvez m'aider.

Elle se tourna pour le laisser accéder aux lacets de sa robe. Elle garda le dos raide et sursauta lorsqu'il lui toucha l'épaule.

— Kitty, murmura-t-il à son oreille. Je n'abuserai plus jamais de vous. Je vous en fais la promesse.

Elle lui jeta un regard par-dessus son épaule.

— Merci, répondit-elle d'un ton nerveux.

Plus il tentait de faire comme si délacer la robe d'une dame était une activité parfaitement ordinaire à ses yeux, moins il parvenait à ignorer la sensation de sa chair nue sur ses doigts, ou la forme parfaite de sa taille fine et de ses hanches évasées. Le son de leurs souffles semblait résonner dans la pièce silencieuse. Il ouvrit les pans de sa robe et huma l'odeur désormais familière de Kitty avant de délacer son corset. Elle le maintint contre sa poitrine pour éviter qu'il tombe. Puis, au grand amusement de Harry, elle emporta sa chemise de nuit derrière l'éventail qui dissimulait le pot de chambre et elle finit de se changer là-bas. Il se déshabilla à son tour et enfila sa propre chemise de nuit.

Elle émergea dans une chemise de nuit blanche très classique, avec un col en dentelle et un tissu ample, mais il parvenait à distinguer la forme de ses hanches larges et la façon dont ses seins nus bougeaient à chacun de ses pas, ses tétons dressés poussant l'étoffe fine. Était-elle émoustillée à l'idée de partager sa couche avec lui ? Il en avait le tournis. Cependant, le regard apeuré que Kitty lui lança en approchant coupa court à son excitation.

Elle avait peur de lui, bien entendu. Il lui avait fait du mal et ne lui avait pas octroyé le moindre plaisir. Elle redoutait sûrement déjà leur nuit de noces. La honte lui prit le ventre en tenaille, et il éteignit la lampe dès que Kitty fut au lit. Allongé et parfaitement immobile, il l'écouta respirer. Le fait qu'elle semble si lointaine tout en étant si proche était une cruelle ironie.

* * *

Ils se remirent en route le lendemain matin et Kitty l'étudia, tentant de nouveau de comprendre cet homme taciturne. À présent que l'incident était derrière elle, elle était exaltée à l'idée de lui avoir inspiré une telle passion. Sa jalousie et la hâte avec laquelle il l'avait prise en mains le lui rendaient encore plus séduisant. Assis dans la calèche, il semblait las, un œil gonflé par son combat dans la ruelle.

Il la regarda longuement, puis il demanda :

— M'avez-vous bien dit que vous tentiez expressément de me rendre jaloux, au bal ?

Elle se mordilla la lèvre inférieure.

— Oui, admit-elle d'une petite voix.

— Pourquoi ?

— Parce que vous m'ignoriez, depuis le soir où vous m'avez...

Elle s'interrompit, le mot fessée coincé dans sa gorge.

— ... embrassée, conclut-elle maladroitement.

Elle vit une note amusée dans son regard, puis il reprit son sérieux.

— Vous ne m'invitiez pas à danser, vous ne me rendiez pas visite...

Il se renfrogna, et elle se ratatina. Il frotta sa barbe naissante.

— Je gardais mes distances car je peinais à maîtriser le désir que vous m'inspiriez. Je craignais d'aller trop loin avant notre mariage. Et j'avais raison de le craindre.

À son ton, il était évident qu'il s'en voulait. Une vague de chaleur envahit tout l'être de Kitty en entendant cet aveu, et elle lissa sa jupe sur ses genoux pour dissimuler son plaisir.

— Ai-je besoin de vous demander de ne plus jouer avec moi de cette façon ? s'enquit-il, haussant un sourcil sévère.

Le souvenir de sa punition fit frémir le ventre de Kitty.

— Non, Monsieur le Comte.

L'esquisse d'un sourire apparut sur les lèvres de Lord Westerfield face à sa réponse empressée.

— Me croyez-vous, lorsque je vous dis qu'il n'y a rien entre Teddy et moi, hormis une amitié qui remonte à l'enfance ?

Il hocha la tête et se frotta de nouveau le visage en soufflant lentement.

— Lady Dunning sous-entendait que vous partagiez plus que cela.

Elle poussa une exclamation.

— Quelle malotrue ! Elle ne supporte pas que Teddy ne veuille plus d'elle, et elle est jalouse de toutes ses cavalières !

Il eut un sourire en coin.

— Je suis navré. J'aurais dû m'en douter.

Après avoir roulé toute la journée et une bonne partie de la nuit, elle tomba dans leur lit sans même enfiler sa chemise de nuit. Elle avait mal à la tête et souffrait d'un refroidissement. Elle se réveilla avec la tête dans un étau et l'impression d'être observée. Elle ouvrit les paupières et regarda son fiancé d'un air hébété. Appuyé sur un coude, il l'admirait à travers son œil gonflé. Il roula sur le côté et se leva d'un seul mouvement fluide.

— Bonjour, grogna-t-elle.

— Bonjour, répondit-il d'un ton bref et chagriné, lui tournant le dos pour s'habiller.

— Quand nous marions-nous ?

— Dès que vous serez prête. Selon l'aubergiste, nombre de forgerons seront prêts à nous marier devant leur enclume.

Les mariages contraires aux bonnes mœurs étaient autorisés en Écosse, à condition qu'ils soient célébrés devant deux témoins. En raison du nombre de couples qui arrivaient d'Angleterre, les forgerons, dont la citoyenneté écossaise était facilement reconnaissable, étaient désormais surnommés « prêtres d'enclumes » à Gretna Green.

— Absolument romantique, dit-elle d'un ton ironique. L'idée de revêtir sa robe de mariée lui semblait désormais absurde. Elle était épuisée, pleine de poussière, et personne ne la verrait avec hormis Harry, qu'elle n'était pas particulièrement désireuse d'impressionner, en cet instant.

— Je suis contente d'avoir exigé que vous financiez cette robe de mariée que personne ne verra.

Elle s'attendait à un nouveau silence de la part de ce rustre, mais il semblait compatir.

— Je vais vous dire, chaton... Avant la fin de la saison, je donnerai un bal majestueux en l'honneur de notre union et je vous y présenterai comme la jeune Lady Westerfield.

Cela éveilla un frémissement intrigué en elle, et elle leva les yeux vers lui.

— Vraiment ?

Il hocha la tête.

— Tout à fait. Cela vous ferait plaisir ?

Elle imagina le genre de bal qu'elle donnerait si elle était hôtesse, un statut qui lui permettrait d'être au fait de tous les secrets, d'établir des connexions et de s'amuser pleinement des convenances ridicules de la haute société.

— Oui, j'en serais ravie.

Puis elle se souvint qu'elle avait quitté le dernier bal sans chaperon après s'être donnée en spectacle, ses seins s'échappant de sa robe, traînée par un fiancé furieux.

— Pensez-vous... croyez-vous possible... que l'on m'accepte à nouveau ?

— Oui, affirma-t-il avec un peu trop de conviction. Ils n'auront pas d'autre choix. J'y veillerai.

— Comment ?

— J'y veillerai, c'est tout, dit-il avec une obstination qui lui fit craindre qu'il n'ait aucune idée de la façon d'y parvenir.

— Vous n'êtes pas obligée de porter la robe aujourd'hui, si vous n'en avez pas envie, ajouta-t-il avec douceur.

Elle plaça les mains sur les hanches et le dévisagea tout en se mordillant la lèvre inférieure. Se donner cette peine lui paraissait absurde, surtout à présent qu'il lui avait confirmé ne pas s'en soucier. Mais non, il s'agissait de son mariage, et elle voulait porter la tenue appropriée.

— Je vais la porter, déclara-t-elle.

— Très bien. Nous déjeunons, puis je fais envoyer une femme de chambre pour vous assister ?

— Oui. Puis-je vous retrouver en bas ?

Elle n'était pas à l'aise à l'idée de procéder à ses ablutions en sa présence.

— Bien sûr.

Il enfila son gilet et sa veste puis quitta la chambre, refermant la porte avec douceur.

Ce qui angoissait véritablement Kitty était un problème intime : une terrible sensation de brûlure lorsqu'elle utilisait le pot de chambre. Au début, elle y avait vu les conséquences de l'assaut de Westerfield, mais à présent, elle avait l'impression que quelque chose n'allait pas, bien qu'elle n'eût aucune certitude. Elle souhaitait ardemment se confier à une femme pour lui demander conseil.

La matinée s'écoula. Elle petit-déjeuna puis revêtit sa robe de mariée, avant d'être menée de l'autre côté de la rue, dans la boutique du forgeron.

Elle transpirait et avait légèrement le tournis. Elle tira sur son corset. Harry la regardait avec inquiétude.

— Vous sentez-vous mal ?

— Un petit peu, haleta-t-elle. Je crois qu'il me faut desserrer mon corset.

— C'est la nervosité, chaton.

Il l'enlaça et la serra contre lui, son corps solide lui offrant un mur sur lequel prendre appui.

— Je ne vous laisserai pas chuter.

Par bonheur, la cérémonie fut brève, et chacun d'entre eux se jura fidélité devant le forgeron et sa femme.

— Je vous déclare mari et femme. Vous pouvez embrasser la mariée.

Elle avait beau se sentir étourdie, avoir trop chaud et ne désirer sous aucun prétexte être embrassée, elle leva consciencieusement la tête. Westerfield se pencha pour baiser rapidement ses lèvres, puis il fronça les sourcils et lui caressa la joue.

— Vous ne vous sentez pas bien ?

Elle secoua la tête.

— Non, pas très bien.

Il lui toucha le front.

— Vous êtes brûlante, Kitty. Pourquoi ne m'avez-vous pas dit que vous étiez souffrante ?

La pièce tournait légèrement, et elle se retrouva dans ses bras, serrée contre son torse ferme, la main protectrice de son fiancé toujours sur sa joue.

— Venez, regagnons notre chambre, je demanderai le médecin.

— Pas de médecin, dit-elle aussitôt.

Elle était beaucoup trop gênée pour parler de ses tracas à un homme, ou pire, pour être examinée.

Il se mit en chemin, sans cesser de la soutenir.

— Vous n'avez pas le choix, dit-il fermement.

Le cœur de Kitty s'emballa, mais elle n'avait pas la force d'argumenter tout en marchant. Dans leur chambre, elle dut de nouveau se servir du pot de chambre, et même si elle aurait préféré que Harry ne soit pas présent, elle souffrait trop pour faire valoir ses préférences. Assise sur le pot, elle retint son souffle à cause de la brûlure apparemment incessante. Quand elle émergea de derrière le paravent, Harry lui jeta un regard perçant.

— Était-ce douloureux ? D'utiliser le pot de chambre ?

Elle fondit bêtement en larmes, honteuse, épuisée et absolument incapable de négocier une telle situation.

En un instant, elle se retrouva dans ses bras, et il la porta jusqu'au lit où il l'allongea sans cesser de l'étreindre. Il plaça un mouchoir dans sa main, et elle y cacha ses larmes absurdes.

— Je suis navrée. J'ignore pourquoi je pleure. Je ne suis pas aussi puérile, d'habitude, renifla-t-elle.

— Mais non, tout va bien.

Elle sentit ses mains ouvrir le dos de sa robe de mariée et elle posa la tête sur ses genoux pour lui faciliter l'accès. Il délaça ensuite son corset, puis lui caressa les cheveux tandis qu'elle continuait de sangloter.

Quand elle se fut calmée, il dit :

— Je vais demander un médecin.

Elle se redressa aussitôt, maintenant sa robe pour éviter qu'elle glisse complètement.

— Vous ne pouvez pas !

Il la regarda d'un air sérieux.

— Kitty, vous êtes souffrante et avez besoin d'être examinée.

— Harry, non !

— Pourquoi ?

Il lui leva le menton et sonda son regard.

— Comment pourrais-je lui expliquer ? dit-elle, une note hystérique dans la voix. Et s'il veut regarder ?

— Vous n'aurez rien à expliquer. Et je ne l'autoriserai pas à regarder.

CHAPITRE CINQ

K itty se remit à pleurer, serrant le cœur coupable de Harry. Elle semblait avoir honte de ses larmes, agitant les mains devant elle tout en glapissant « pardonnez-moi ! »

Il prit son visage dans ses mains et sécha ses larmes.

— Kitty, dit-il d'une voix éraillée. Je suis responsable, et j'en suis navré. Je ne permettrai pas que vous vous sentiez humiliée, je vous le promets.

Il ignorait comment tenir parole, mais il lui devait au moins cela. La respiration de Kitty s'apaisa, et elle posa le front contre son épaule. Il promena doucement les doigts le long de son dos nu, sentant sa peau se couvrir de chair de poule, puis ses muscles se détendre, et il guida de nouveau sa tête sur ses genoux. Si l'infection manifeste de Kitty ne l'inquiétait pas tant, il aurait savouré ce moment. Cependant, la seule chose qu'il entendait était la petite voix dans sa tête qui lui criait : *tu es responsable.*

Avec douceur, il déplaça la tête de Kitty sur l'oreiller.

— Je reviens dans quelques minutes, chaton.

Elle hocha la tête, paupières closes. Il descendit l'escalier et mit la femme de l'aubergiste dans la confidence. Elle fit mander une sage-femme rom et promit de concocter un sirop d'orgeat pour Kitty. Quand il regagna la chambre, cette dernière était assoupie, les joues toujours rougies par la fièvre. Il trouva sa chemise de nuit dans sa malle et commença à lui ôter délicatement sa robe de mariée. Elle ouvrit un œil et roula sur le côté pour l'aider, le satin glissant sur ses hanches et cuisses plantureuses. Il délaça ses jupons et les lui ôta, frôlant sa chair, et il eut soudain trop chaud dans son gilet. Le corset et la camisole de Kitty suivirent, et il avait beau nier son excitation, son corps n'avait pas reçu le message. Les mains de Harry tremblaient lorsqu'il les souleva au-dessus de sa tête, et son membre se dressa sous son pantalon lorsque ses seins ronds comme des pommes furent libérés des baleines. Bien qu'il tentât de garder l'expression impassible pour ne pas causer de malaise à Kitty, il réalisa qu'elle le dévisageait, allongée là, seulement vêtue de ses dessous, de ses bas et de ses porte-jarretelles, la rougeur de la fièvre ne faisant qu'amplifier sa beauté. Le souffle court, il déglutit.

— C'est simplement ma façon de me soustraire au devoir conjugal, dit-elle, un sourire en coin sur ses lèvres gercées.

Cette tentative d'humour serra le cœur de Harry, et il se pencha pour lui baiser le front, tentant d'ignorer le mouvement de ses seins lorsqu'elle roula sur le dos. On frappa à la porte, et il sursauta. Il lança la chemise de nuit à Kitty et bondit hors du lit comme un enfant ayant fait une bêtise. Il s'agissait de la sage-femme rom, qui entra avec énergie et assurance. Elle toucha le front de Kitty et lui posa quelques questions, hochant sagement la tête en l'entendant répondre.

— C'est courant chez les jeunes épouses, ma chère, décréta la sage-femme en lui tapotant la main. Cela est dû à l'introduction de quelque chose – ou de quelqu'un – de nouveau dans cette zone. Cela peut également arriver lorsque la vessie n'est pas vidée régulièrement, comme chez les enfants.

Elle se tourna vers lui.

— Le sirop d'orgeat est efficace.

Elle lui tendit des herbes.

— Faites également infuser cette tanaisie, trois tasses par jour jusqu'au rétablissement. Elle doit également boire dix verres d'eau de source. Ni thé, ni café, ni bière.

Elle lui jeta un regard sévère et ajouta :

— Elle ne doit pas quitter le lit avant que la fièvre soit tombée.

Il hocha la tête.

— Combien pour les herbes ?

Elle lui cita un prix extravagant.

— J'ai aussi un excellent onguent pour les lèvres, dit-elle avec une étincelle dans les yeux.

Harry aimait négocier, mais il n'avait pas l'intention de le faire devant Kitty, de peur qu'elle s'imagine qu'il renâclait à payer pour son traitement. Il sortit la somme nécessaire, accepta l'onguent et lui demanda de confier les herbes à la femme de l'aubergiste afin que celle-ci les fasse infuser.

— Ça a été ? demanda-t-il à Kitty en lui tendant le petit pot d'onguent.

— Oui, merci.

Elle appliqua le baume sur ses lèvres gercées, qu'elle frotta ensuite l'une contre l'autre dans un geste qui fit rater un battement au cœur de Harry.

— Je veux rentrer à Londres, dit-elle.

— Bien sûr. Dès que vous irez mieux.

— Non, tout de suite. Non, attendez, le coupa-t-elle en levant la main lorsqu'il ouvrit la bouche pour protester. Il s'agit d'un voyage long et pénible, mais si je dois me reposer jusqu'à ce que la fièvre tombe, autant le faire dans la calèche. Ainsi, quand j'irai mieux, nous serons déjà rentrés.

Il secoua la tête.

— C'est ce voyage en calèche qui vous a rendue malade…

Il s'interrompit, étranglé par la culpabilité en songeant à l'autre cause. Elle lui jeta un regard implorant.

— S'il vous plaît, Harry ? Je poserai la tête sur votre épaule et je me reposerai durant tout le trajet. Je boirai dix verres d'eau, et les tisanes, et j'appliquerai de l'onguent sur mes lèvres.

Il rit. Il ne lui manquait plus que les mains jointes en prière pour ressembler à une enfant en pleine supplication. Il soupira.

— Je vois qu'il me sera difficile de vous refuser quoi que ce soit.

Le visage de Kitty s'illumina de son sourire magnifique, seulement entaché par ses lèvres abîmées.

— Toutefois, intervint-il avant qu'elle puisse parler, si votre état s'aggrave, nous nous arrêterons jusqu'à ce que vous soyez rétablie.

— Mon état ne s'aggravera pas, promit-elle.

Il rit.

— Très bien, nous nous mettrons en route demain matin.

Elle reposa sa tête sur l'oreiller.

— Merci.

Le lendemain matin, il installa Kitty dans la calèche, ses joues toujours brûlantes de fièvre. Il avait une cruche pleine de la tisane préparée par l'aubergiste, ainsi qu'une cruche d'eau de source. Il s'assit face à elle. Elle appuya la tête sur le dossier de son siège.

— Vous êtes-vous lassé de me servir de coussin ? le taquina-t-elle, bien que ses yeux soient sombres et enfoncés.

Il sourit.

— Jamais. Avez-vous besoin d'un coussin ?

— Oui, murmura-t-elle.

Il se glissa à ses côtés, retenant son souffle lorsqu'elle se blottit contre lui. Il s'adossa à un coin de la calèche et tira Kitty contre son torse, sa tête posée juste sous son menton. Entre eux, l'air était lourd, comme si cette proximité leur mettait les nerfs à vif. Il se délectait de la sensation de ses cheveux auburn contre son cou. Il passa le doigt le long de la manche de sa robe de voyage et fut surpris de la voir frémir. Son membre durcit et il changea de position, espérant qu'elle ne remarque rien. Lorsque la respiration de Kitty ralentit et que ses paupières se fermèrent, il l'enlaça et s'imprégna de la sensation de sa petite silhouette abandonnée à ses soins, en se persuadant, un instant, que son cœur lui appartenait et qu'elle était tout à lui.

* * *

— Monsieur le Comte ?

— Harry, la corrigea-t-il.

— Harry, reprit-elle, surprise d'entendre sa propre voix devenir plus grave, comme si prononcer son nom était quelque chose de privé, d'intime. Pourquoi les combats de coqs et d'ours ne peuvent-ils pas être interdits ? Qui s'oppose à une telle résolution ?

C'était leur deuxième jour de voyage et sa fièvre était tombée dans la nuit. Harry s'était montré aux petits soins, bien qu'elle sentît en lui une tristesse ou une mélancolie qu'elle ne comprenait pas. Assise face à lui dans la calèche brinquebalante, elle s'interrogeait sur son silence prolongé.

— Ce n'est pas exactement que les parlementaires s'y opposent, plutôt qu'ils n'en font que peu de cas. C'est Lord Goren qui a proposé cette motion, et il est perçu comme un drôle d'oiseau.

— Eh bien, vous pourriez prendre la parole à ce sujet, vous.

— Moi ? dit-il, incrédule. Non.

— Pourquoi ? Pourquoi ne prenez-vous jamais la parole au Parlement ?

Il plissa le front.

— Comment savez-vous cela ?

— Maury me l'a dit.

Harry la regarda d'un drôle d'air.

— Je sais, le fait qu'une dame parle politique en présence d'un homme est contraire aux convenances, mais cela me fascine.

Elle baissa les yeux pour lui adresser son meilleur air de chien battu.

— Comptez-vous me l'interdire ?

Il rit en voyant son expression implorante.

— Jamais. Je suis tout à fait intéressé par vos opinions sur la politique et le Parlement, vu vos convictions originales en matière de mode, de société et d'amour. Même si, je suppose, je devrais vous défendre de les exprimer si nous avons de la compagnie.

Elle lui sourit, plus ravie par ses compliments qu'elle n'aurait dû l'être.

— Oh, je ne suis pas si originale que cela ! Mais je vous remercie. Ma mère est morte en me mettant au monde, et mon père oubliait souvent mon sexe. Il parlait d'affaires et de politique à table, et m'instruisait au même titre que mes frères.

— Votre père, dit-il d'un ton songeur, était considéré comme un grand meneur d'hommes, au Parlement. Je l'avais oublié jusqu'à cet instant. Quel dommage que ce soit vous qui ayez hérité de ses talents et de ses centres d'intérêt, et non Maury.

— Vous pourriez être un meneur au Parlement, si vous le

décidiez, osa-t-elle. Maury dit souvent que la vue de votre main levée suffit à convaincre les abstentionnistes de voter et les opposants de changer de camp, simplement parce que vous êtes réputé pour vos décisions intelligentes et mesurées.

— J'en doute sincèrement, dit Harry, les sourcils froncés.

— Pourquoi gardez-vous si souvent le silence ? Il ne s'agit pas d'arrogance, contrairement à ce que certains disent de vous.

— En êtes-vous sûre ? demanda-t-il d'un ton sardonique.

— Certaine. Il ne s'agit pas non plus de lâcheté.

Il la dévisageait, comme s'il était à la fois fasciné et mal à l'aise.

— Alors pourquoi ?

— J'attendais votre hypothèse, répliqua-t-il. Vous semblez tout savoir de moi.

Elle se mordit la langue pour ravaler une réplique cinglante, espérant le pousser à répondre avec candeur. Après un bref silence, il reprit :

— Par habitude, peut-être. Une habitude acquise dès l'enfance.

— Étiez-vous sage comme une image ?

Il eut un sourire en coin.

— Sage comme une image, la moindre de mes erreurs passée à la loupe.

— Vous punissait-on ?

Il hocha la tête, une fois, sans se départir de son sourire en coin, ses yeux dansant sur le visage de Kitty comme s'il était content qu'elle ait compris. Son expression était si différente du masque fermé qu'il portait d'habitude qu'elle se félicita intérieurement de l'avoir fait sortir de sa coquille.

— Les habitudes, ça se change, suggéra-t-elle avec douceur. Avec moi.

Son cœur s'emballa, et elle se hâta d'ajouter :

— Et au Parlement. Une résolution contre la cruauté

envers les animaux pourrait trouver des soutiens si vous en deveniez la figure de proue.

Le pli entre les sourcils de Harry devint plus profond, et fidèle à lui-même, il resta muet.

— Bon, j'espère que vous y réfléchirez, conclut-elle maladroitement.

Il ne hocha pas la tête, ne répondit pas, mais continua de la dévisager d'un air grave. Elle plongea les yeux dans les siens, noirs et insondables, et un léger picotement parcourut sa peau tandis que son corps s'échauffait. Ils s'observèrent ainsi jusqu'à ce qu'il se détourne, se raclant la gorge pour demander presque bêtement :

— Vous sentez-vous mieux ?

Elle acquiesça, étrangement déçue.

— Oui, Monsieur le Comte.

Lorsqu'ils arrivèrent chez lui, elle était pleinement rétablie, même si elle avait les nerfs à vif à l'idée d'entamer sa nouvelle vie en tant que Lady Westerfield. C'était la deuxième fois qu'il la menait chez lui, et elle tenta d'assimiler tout ce qu'elle avait raté lors de la première. Les meubles étaient luxueux, et anciens. Elle doutait que des changements aient été effectués depuis qu'il était devenu comte. Les murs en lambris, les tons bruns et bordeaux étaient très masculins.

Le personnel de maison les accueillit, et elle s'efforça de garder la tête haute. Elle savait que chacun d'entre eux avait sûrement parfaitement conscience des événements : leur départ du bal ensemble lors de cette terrible soirée, leur escapade à Gretna Green. Bien entendu, leur attitude polie ne laissait rien transparaître, et ils s'inclinèrent et lui firent la révérence lorsque Harry la présenta comme sa femme.

— Puis-je vous faire visiter, Madame la Comtesse ? demanda la gouvernante, Mrs Croft.

Kitty jeta un regard à Harry, qui semblait renfermé et distant.

— Oui, merci, répondit-elle.

Elle percevait la curiosité de la gouvernante à son égard tandis qu'elle la guidait à travers la demeure, s'arrêtant poliment lorsque Kitty examinait un portrait ou passait en revue les bibliothèques du bureau. Quand elle eut terminé de lui présenter le rez-de-chaussée, elle la mena à l'étage.

— Plusieurs de vos malles nous ont été envoyées avant votre arrivée, et Violet, votre femme de chambre, les a déjà défaites.

Lorsqu'elles arrivèrent en haut, cependant, elle vit que les malles étaient sorties de la chambre de Lord Westerfield pour être placées dans une pièce attenante, certainement sur les ordres du comte.

Lord Westerfield émergea de sa chambre.

— Je sors, dit-il.

* * *

Fuyant la maison, Harry remonta à bord de la calèche qu'il avait pourtant été si heureux de quitter une demi-heure plus tôt. Il ne s'était pas préparé à la gêne de l'arrivée de Kitty dans la maison et de sa présentation aux domestiques, qui avaient parfaitement conscience de ce qu'il lui avait fait.

Lorsqu'il avait pénétré dans sa chambre pour se laver et se changer, le souvenir de Kitty penchée sur son lit, acceptant si sagement sa punition, pleine de remords sincères à l'idée de l'avoir offensé, avait envahi ses sens et la honte s'était insinuée sous sa peau comme une infection. Il ne pouvait pas lui demander de dormir dans ce lit, ne pouvait pas attendre d'elle qu'elle s'offre à lui, comme elle l'avait fait cette autre nuit.

Pourquoi ne s'était-elle pas débattue ? Cette question le

hantait. Son épouse n'avait rien de la petite souris docile. Elle détestait les injustices et protestait avec véhémence lorsqu'elle s'estimait bafouée. Et elle appelait un chat un chat. Elle l'avait pourtant laissé compromettre son honneur, lui cédant l'autorité avec une soumission qui ne cadrait pas avec sa personnalité. Cette excentricité la lui rendait encore plus enivrante, mais faisait également paraître son erreur encore plus exécrable. Elle lui avait fait confiance, et il l'avait trahie.

Eh bien il se rattraperait. Elle avait été forcée de l'épouser, mais il n'abuserait plus jamais d'elle. Il la traiterait avec respect. Il lui donnerait tout ce qui serait susceptible de la rendre heureuse. Dans cet objectif, il demanda au cocher de le conduire sur Bond Street, où se trouvaient toutes les boutiques à la mode. Là, il ouvrit un compte pour Kitty chez un couturier estimé, chez le libraire et chez le cordonnier.

Puis il se mit en route pour sa véritable destination : la maison de jeu Spencer's. Ce soir, il avait besoin de ses chiffres.

* * *

Le lendemain matin, il trouva Kitty à table, occupée à boire un chocolat chaud.

— Bonjour.

— Bonjour, dit-elle.

Elle le dévisagea, comme pour chercher une explication. Il cilla et détourna les yeux, puis se dirigea vers le buffet afin de se servir.

— Avez-vous mangé ?

— Non, je vous attendais.

— Ce n'est pas nécessaire.

Son ton était plus froid qu'il ne l'aurait voulu. Pour le

modérer, il posa l'assiette qu'il avait remplie devant Kitty, comme s'il était son valet de pied.

Elle leva les yeux, surprise.

— Merci, Monsieur le Comte.

Il remplit une autre assiette et s'installa face à elle.

— Je vous ai ouvert des comptes sur Bond Street.

Elle haussa ses sourcils délicats.

— Vraiment ? demanda-t-elle avec enthousiasme. C'est très prévenant. Cela veut-il dire que je peux commander les faire-part pour notre bal ?

Il sourit, ravi de la voir se réjouir, même si elle tentait de paraître nonchalante.

— Oui, vous pouvez commander tout ce que vous souhaitez.

— Prudence, Monsieur le Comte, avertit-elle d'un air mutin. Je suis du genre à m'en donner à cœur joie.

Amusé, il répondit :

— Si vous allez trop loin, je vous avertirai.

— Ne vaudrait-il pas mieux m'allouer un budget ? Car je crains que vous ne m'avertissiez pas à temps, et d'après mon expérience, vous n'aboyez pas, mais vous mordez.

Embarrassé qu'elle souligne ainsi son défaut le plus marqué, il se leva brusquement.

— Si vous dépensez trop, je vous le dirai, lança-t-il d'un ton cinglant.

Elle rougit, et le fait de l'avoir blessée le rendit encore plus revêche.

— Je ne souperai pas ici, dit-il d'un ton maussade en quittant la pièce.

Sur le seuil, il se retourna.

— La calèche est à votre disposition.

Il espérait qu'elle n'avait pas vu son visage avant qu'il se détourne.

* * *

Il continua de l'éviter, passant des heures au Parlement, puis avec ses pairs, à dîner ou à jouer. Le quatrième matin suivant leur retour, elle le regarda par-dessus la table de petit-déjeuner avec une lueur calculatrice dans les yeux.

— J'ai convié Lord et Lady Goren ainsi que les St John à dîner avec nous ce soir.

Il la regarda longuement tandis que son esprit tournait à toute allure pour deviner ce qu'elle mijotait.

Elle avait organisé un repas politique et invité les principaux soutiens de la cause animale à se joindre à eux.

Ses manigances l'agacèrent.

— Vous avez *quoi* ? siffla-t-il.

Elle haussa un sourcil insolent et posa sa fourchette. Ses épaules fines se soulevèrent avec nonchalance.

— J'ai pensé que ce serait là l'occasion de vous impliquer davantage.

— De *m'impliquer davantage* ? répéta-t-il en haussant le ton.

Elle lui jeta un regard faussement innocent.

— Vous savez, pour être le meneur politique que vous souhaitez devenir.

Un bourdonnement dans les oreilles de Harry bloqua tous les sons extérieurs.

— Je ne veux pas devenir un meneur politique ! bafouilla-t-il en tapant du poing sur la table. C'est *vous* qui en avez envie.

Elle ne le trouvait visiblement pas à la hauteur, et sa critique voilée le blessait.

— Je n'ai pas besoin que vous interfériez dans...

Une domestique entra dans la pièce pour débarrasser leurs assiettes et il ravala sa réplique. L'expression de Kitty était toujours aimable, même si le rose de ses joues trahissait son humiliation d'avoir été rabrouée devant le personnel. Pourtant, elle ne semblait pas penaude. Lorsque la domestique eut quitté la pièce, il lui jeta un regard noir.

— Approchez, Kitty.

Cet ordre la déconcerta. L'air moins assuré, elle se leva, hésitante, tandis qu'il repoussait sa propre chaise. Elle traversa la pièce et se plaça devant lui, avant de déglutir lorsqu'il la toisa.

— N'envoyez *plus jamais* d'invitations à dîner à ma table sans m'en demander la permission.

Un muscle se contracta sur le visage de Kitty, bien qu'elle masquât toute autre émotion.

— Entendu, Monsieur le Comte, répondit-elle d'un ton froid.

— Je refuse de faire l'objet de vos manigances. Vous souvenez-vous de la façon dont s'est terminé votre dernier petit jeu ?

Elle s'empourpra et pinça les lèvres. Il patienta, mais elle ne lui présenta pas d'excuses.

— Allez fermer la porte à clé.

La mâchoire de Kitty glissa sur le côté, puis se contracta de nouveau. Il haussa un sourcil menaçant et elle pivota pour obéir, fermant la porte à clé avant de s'y adosser, les mains derrière le dos.

— Venez, Kitty.

— Peut-être... peut-être que vous pourriez d'abord voir comment cela se passera ? Le dîner ? Cela vous plaira peut-être.

L'agacement de Harry commençait à s'estomper, car elle était adorable, mais il garda une expression impassible.

— La fin ne justifie pas les moyens. À présent, approchez.

Elle revint face à lui. Il se tapota les genoux. Le regard de Kitty devint suppliant, mais quand il se renfrogna, elle se dépêcha de s'allonger sur ses genoux pour recevoir sa punition. Il souleva sa robe et ses jupons et se souvint de délacer son corset pour qu'elle ne tombe pas en pâmoison. Ses dessous bâillaient, et il n'eut qu'à en écarter les pans pour dénuder ses jolies fesses.

Avoir son épouse sur les genoux dans cette position était enivrant. Sa petite silhouette pressée contre ses jambes, ses parties les plus intimes livrées à sa correction lui procuraient un entêtant mélange de puissance et d'excitation.

Il abattit la main sur son derrière dressé. Elle sursauta et ajusta les hanches. Il frappa chaque fesse tour à tour, savourant la façon dont sa chair s'aplatissait avant de se repulper. Les dessous ouverts formaient une fenêtre idéale autour de sa cible. Kitty se trémoussait et agitait parfois les pieds en poussant des plaintes alors qu'il lui provoquait une brûlure faisant rougir sa peau laiteuse.

— C'est bon ! s'exclama-t-elle.

— C'est bon ?

— Arrêtez ! Ça suffit !

Étouffant un rire, il referma ses dessous et l'assit sur ses genoux.

— Est-ce vous qui décidez quand une fessée doit prendre fin ?

Elle baissa les yeux.

— Non, Monsieur le Comte.

Puis ses cils se relevèrent brusquement et elle demanda d'un ton plein d'espoir :

— Est-ce terminé ?

Il sourit presque.

— Je ne sais pas, à votre avis ? Qu'avez-vous appris ?

— J'ai appris à ne jamais inviter quiconque à dîner sans votre permission, ânonna-t-elle comme si elle avait appris une leçon par cœur.

— Oui, dit-il avec lenteur. Mais est-ce pour cela que je vous ai fessée ?

Elle eut une moue boudeuse.

— Oui !

Il secoua la tête.

— Non. Non, pas du tout. Si je vous ai corrigée, c'est à cause de vos manigances, Kitty, expliqua-t-il sans la moindre note d'humour. Pas parce que vous avez invité des gens à dîner, mais parce que vous comptiez me pousser à faire quelque chose que vous désiriez.

Une partie de son animation s'envola, et il sut qu'elle avait compris.

— Donnez-moi votre mule.

Elle écarquilla les yeux et retint son souffle, mais se pencha néanmoins pour lui obéir. Lorsqu'elle lui tendit la petite chaussure de cuir, il la souleva et la remit en position. L'obéissance de Kitty avait quelque chose de plus attendrissant cette fois. Il avait gagné sa soumission. Il souleva de nouveau ses jupons et glissa la main sur ses dessous pour en trouver l'ouverture. Il en écarta de nouveau les pans et admira ses fesses rouges. Il dut prendre sur lui pour ne pas glisser un doigt le long de sa fente.

— Je suis désolée, glapit-elle.

— Et je vous en remercie.

Il serra la mule en cuir souple dans sa main et l'abattit sur son derrière. Elle se contracta. Il frappa vivement sa chair une douzaine de fois, puis marqua une pause pour qu'elle puisse reprendre son souffle. Elle haletait, mais n'avait pas poussé la moindre plainte. Il caressa sa chair meurtrie, puis se remit à la fesser, la mule produisant un claquement satisfaisant dès qu'elle entrait en contact avec sa peau frémissante. Il lui asséna une nouvelle douzaine de coups, puis une troisième série, jusqu'à ce que ses trémoussements et ses gémissements deviennent plus intenses et que ses fesses aient pris une teinte rouge vif.

* * *

Harry remit ses dessous en place et l'aida à s'asseoir sur ses genoux. Elle se couvrit le visage à deux mains, le corps tremblant, la poitrine soulevée par un souffle saccadé. Déterminée à rester stoïque, elle était parvenue à ne pas pleurer tandis qu'il la fessait, mais elle ne voulait pas qu'il voie son expression à présent qu'elle luttait contre les larmes, des larmes d'humiliation plus que de douleur. Elle remuait inconfortablement sur ses genoux, la brûlure de ses fesses lui donnant envie de se frictionner plutôt que de rester sagement assise. Il l'enlaça et la serra contre lui. Son étreinte dégageait une force et un apaisement qui l'aidèrent à étouffer son humiliation.

— Je déteste les dîners, admit-il à voix basse, s'adressant à son visage dissimulé.

Elle refusait toujours d'ôter ses mains.

— Il s'agit de la fonction sociale qui me déplaît le plus. Vous me connaissez, Kitty. Je ne parle pas ! Je suis incapable de discuter de tout et de rien ou de meubler les silences. Et je ne parle jamais de politique !

Abattue, elle baissa le menton, les épaules voûtées. Elle se mit à s'essuyer le visage, mais elle ressentait toujours le besoin de se cacher derrière ses mains.

— Vous m'avez acculé, forcé à soutenir la motion contre la cruauté envers les animaux, et vous n'en aviez pas le droit.

Elle laissa retomber ses mains sur ses genoux.

— Je suis navrée, Harry, dit-elle d'un ton pesant.

Il plaça une main sur sa joue pour qu'elle se tourne vers

lui. Elle avait du mal à le regarder dans les yeux, mais elle ne détecta aucune colère dans son expression, seulement une note solennelle.

— Qu'auriez-vous fait si j'avais simplement refusé d'assister au dîner ?

Elle se figea.

— Mais vous y assisterez, n'est-ce pas ? murmura-t-elle.

Il soupira.

— Oui. Je serai présent. Mais de grâce, ne me remettez plus jamais dans cette fâcheuse position.

— Non. C'est promis.

Il plissa les yeux avec une expression chaleureuse et il l'embrassa sur la joue.

— Merci.

Il lui rendit sa mule et la poussa à se lever avant de lui emboîter le pas. Elle frotta ses fesses endolories et ajusta ses dessous, remerciant silencieusement le ciel qu'il ne les ait pas baissés, car elle était indisposée et elle aurait été mortifiée qu'il voie sa serviette en coton. Elle le regarda partir, se languissant déjà de ses bras autour d'elle.

Le soir, elle revêtit une robe couleur cannelle au large décolleté et à la taille cintrée. La couleur de la robe faisait ressortir les reflets roux de ses cheveux ainsi que le collier de rubis que lui avait offert Harry, niché entre ses seins. Elle avait fait ajuster la taille de sa bague et la portait également pour la première fois.

— Vous êtes ravissante, lui dit-il en descendant.

Il l'enlaça, un geste affectueux qui l'aida à oublier son angoisse. Elle se sentait nerveuse en sa présence depuis la fessée, et elle souhaitait désespérément que la soirée ne soit pas désagréable pour Harry.

Le heurtoir retentit et le majordome fit entrer Lord et Lady Goren. Lord Goren était un petit homme trapu, avec des airs de grenouille affable. Son épouse était grande et élancée, avec des cheveux tirés en chignon sévère et une paire de lunettes à verres épais perchés au bout de son nez. Sans attendre que son mari prenne les choses en mains, Kitty fit la révérence et se présenta à Lady Goren.

— Lady Westerfield, quel plaisir de vous rencontrer !

— Je vous en prie, appelez-moi Kitty. Je ne me suis pas encore faite à mon nouveau titre.

— En effet, c'était quelque peu soudain, n'est-ce pas ? Tout le monde ne parle que de l'affaire Westerfield.

Kitty sentit Harry se raidir en entendant la remarque acerbe de Lady Goren, mais elle ne se laissa pas abattre et répondit avec désinvolture ;

— C'est vrai, je suis impétueuse, j'en ai peur. J'étais impatiente de devenir Lady Westerfield. Par chance, mon époux sait me faire plaisir.

Elle sourit à Harry en battant des cils, ce qui lui valut un clin d'œil de sa part.

Les St John arrivèrent et furent escortés à l'intérieur. Elle savait que Thomas St John était un ancien camarade de classe de Harry, ayant comme lui étudié à Eton et Cambridge, et un érudit qui enseignait désormais à l'Université. Son épouse semblait être d'une timidité maladive ; se mordant la lèvre en faisant la révérence, yeux baissés, grimaçant presque face à leurs attentions. Kitty n'y prêta pas attention et la prit par la main comme si elles étaient de vieilles amies. Bras dessus bras dessous, elles se rendirent dans le petit salon.

— Je suis ravie de vous rencontrer. Je sais que mon époux est un vieil ami de Mr St John.

Tout en gardant un œil sur son mari pour évaluer sa gêne, elle bavarda sans relâche, et lorsque la conversation se tarit, elle se leva pour indiquer qu'il était temps de dîner. Kitty réalisait qu'être hôtesse requérait les talents qu'elle avait aiguisés en faisant tapisserie dans les bals : savoir observer ses sujets et comprendre instinctivement leur nature. Sauf qu'au lieu de rester en retrait et de commenter la scène, elle devait jongler avec leurs personnalités.

Elle déduisit que Lady Goren était le cerveau derrière son époux écervelé, et que Mrs St John se croyait inférieure aux autres convives. Kitty entraîna les deux femmes et leurs époux dans une conversation animée au sujet des dernières recherches de Mr St John. Lord Goren n'avait pas besoin d'être convaincu ; elle semblait déjà l'avoir conquis, ce qui la poussa à jeter des regards inquiets à son mari, dont l'expression était difficile à déchiffrer.

En dépit de sa nervosité, elle sut manier ses invités et à la fin de la soirée, tous riaient et parlaient sans malaise. Harry et elle les raccompagnèrent à la porte pour leur dire au revoir. Une fois seuls chez eux, elle se tourna vers son époux.

— Était-ce si terrible ?

Il sourit, avec la même chaleur qu'elle avait lue dans ses yeux après sa fessée du matin.

— Non, chaton, répondit-il en lui donnant un baiser sur la joue. Vous étiez épatante.

Elle rayonna sous ses compliments et leva le visage en espérant d'autres baisers, mais fut déçue lorsqu'il lui souhaita bonne nuit et regagna son bureau, seul.

* * *

Sa Lady Westerfield s'était montrée époustouflante. Elle avait géré le dîner avec grâce, et à la fin de la soirée, ses invités lui mangeaient dans la main. Il se servit un petit verre de brandy et s'assit sur le sofa de cuir de son bureau, le corps envahi par une admiration chaleureuse envers son épouse.

La porte s'ouvrit sans avertissement et Kitty entra, le surprenant en s'agenouillant à ses pieds.

— Êtes-vous toujours en colère contre moi ? demanda-t-elle à voix basse.

Le feu de cheminée illuminait les paillettes dorées de ses yeux et les reflets roux de ses cheveux. Elle était sublime dans sa robe brun clair, les seins rehaussés et encadrés par son décolleté.

Il secoua lentement la tête.

— Je n'étais pas en colère.

Elle haussa un sourcil pour le contredire, et il eut un sourire en coin.

— Ai-je encore mordu avant d'aboyer ?

Elle eut un sourire chagrin.

— Non, pas vraiment. Me pardonnerez-vous ?

Il plaça une grande main sur sa joue et caressa sa peau soyeuse avec son pouce.

— Je vous ai déjà pardonné. Me promettrez-vous de ne plus jouer avec moi ?

Elle se redressa sur ses genoux et se pencha vers lui, plaçant une main sur chacune de ses cuisses.

— Je le promets, affirma-t-elle d'une voix grave et sirupeuse comme le miel.

Excité par sa soumission et son désir évident de lui faire plaisir, il la prit par la taille et la tira sur ses genoux.

— Gentille fille, murmura-t-il d'une voix rauque.

Quand elle fut bien installée, il passa l'index le long de sa clavicule, lui arrachant un petit frisson. Elle se mit à triturer nerveusement son collier de rubis, et il le toucha également, avant de suivre le pendentif le plus long jusqu'à la naissance de ses seins. Plongeant la main dans son corsage, il trouva un téton, qu'il taquina en promenant le dos de ses doigts contre la pointe dressée.

Elle prit une inspiration saccadée, poussant sa poitrine contre la main de Harry. Il la libéra de son corset serré et pétrit sa chair avant de pencher la tête pour lui donner un coup de langue.

Elle haleta et se tortilla sur ses genoux. Il fit le tour de son téton avec sa langue, avant de le suçoter. Elle se cambra pour lui permettre de l'explorer plus facilement. Encouragé, il libéra l'autre sein, pinçant son téton entre le pouce et l'index et tirant dessus sans cesser de sucer l'autre. Agrippée à son épaule, elle renversa la tête en arrière, paupières closes.

Il glissa la main le long de sa jambe, de son mollet, puis souleva ses jupons en remontant. Elle se figea, puis lui saisit le poignet juste avant qu'il atteigne son sexe.

— Harry ! s'exclama-t-elle. Je ne peux pas !

Il se figea, et ôta aussitôt les mains de sa robe. Il la souleva et se mit debout à son tour. Bien sûr qu'elle n'en avait pas envie, après la façon dont il l'avait fait souffrir la première fois. Elle l'avait épousé par devoir, pas par envie de devenir sa femme autrement qu'en nom.

Elle replaça son corset et le haut de sa robe sur ses seins.

— Je suis navrée, dit-elle. C'est simplement cette période du mois, et...

Il avait envie d'être seul, de se mettre à l'écart et de remettre de l'ordre dans ses pensées. Il plaça une main dans le creux de ses reins et la raccompagna hâtivement dans le couloir.

— Inutile de vous excuser, dit-il d'un ton raide.

Elle lui jeta un regard par-dessus son épaule, mais il pressa le pas, l'escorta jusqu'en haut des marches, ouvrit la porte de sa chambre et la poussa à l'intérieur.

— Bonne nuit, Kitty.

Elle le contempla avec une expression inquiète.

— Je suis navrée, répéta-t-elle, mais il refermait déjà la porte.

Harry congédia son valet et se déshabilla seul, un mélange

de honte et d'excitation le mettant de mauvaise humeur. Il saisit son membre et lui asséna de brusques caresses.

Kitty avait-elle réellement ses menstrues ? Ou s'agissait-il d'une excuse pour échapper à ses attentions sexuelles ? Il ne pouvait pas la blâmer d'avoir peur, et elle lui avait elle-même confié après leur mariage être soulagée de ne pas avoir à le consommer. Les dents serrées, il continua de se caresser dans un geste effréné, le poing serré. Il la revit sur ses genoux, les seins libérés de leur corset, soupirant sous ses caresses. Il atteignit l'orgasme presque aussitôt, mais cela ne soulagea en rien son humeur massacrante.

Il gagna son lit à grands pas, s'étendit sur le dos, complètement nu, et garda les yeux rivés au plafond jusqu'à l'endormissement.

CHAPITRE SIX

*A*près une nouvelle semaine lors de laquelle Harry passa toutes ses soirées rue St James, Kitty était fort contrariée.

— Je n'y comprends rien, Wynn, dit-elle à son amie. Au début de nos fiançailles, il m'a bien fait comprendre qu'il me voulait dans son lit. Et à présent, il ne me touche pas. Je n'arrive pas à déterminer s'il ne s'intéresse plus à moi, s'il croit que je ne veux pas de lui, ou s'il y a une autre raison à laquelle je n'ai pas pensé.

Wynn émit un son compatissant.

— Avez-vous tenté de le séduire ?

— Non, pas exactement, mais hier, je suis allée jusqu'à entrer dans sa chambre en chemise de nuit.

Wynn éclata de rire.

— Et que s'est-il passé ?

— Au début, j'ai cru que cela fonctionnait.

Elle se remémora la scène. Elle avait fermé discrètement la porte derrière elle, puis s'y était adossée. Harry avait traversé la pièce pour se placer devant elle, assez proche pour qu'elle sente l'odeur de savon sur sa peau.

— Harry, avait-elle commencé d'une voix éraillée.

— Oui ?

Il s'était encore approché, la coinçant contre la porte.

Elle avait dégluti.

— Je me demandais... Considérez-vous que notre union est... consommée ?

Elle avait eu un trémolo dans la voix en prononçant ce dernier mot.

Il s'était collé à elle, sa longue cuisse glissée entre ses jambes, une main sur sa nuque et les lèvres tout près de son oreille. Elle avait senti son membre dur contre son ventre.

— Et vous ? avait-il murmuré.

— Je ne sais pas. Cela compte-t-il quand les étapes arrivent dans le désordre ?

Il avait cillé rapidement, comme s'il se rappelait leur première fois, puis il s'était brusquement éloigné, lui avait tourné le dos et était allé s'asperger le visage d'eau.

— Allez vous coucher, Kitty, avait-il ordonné d'une voix rauque.

Elle était restée, avait attendu, espérant une explication, mais il ne s'était pas retourné, et elle avait fini par abandonner et s'en aller.

— Et ensuite ? l'encouragea Wynn, la ramenant au présent.

— C'était étrange. Au début, j'ai cru que j'avais réussi. Il s'est penché vers moi comme s'il allait m'embrasser, mais ensuite il s'est détourné et m'a dit d'aller me coucher.

— Nous devrions consulter Teddy. Il saura peut-être ce que les hommes ont en tête.

— Oui, cela pourrait m'aider. Parfois, je crains...

Elle s'interrompit. Elle n'arrivait pas à admettre son terrible pressentiment, pas même devant Wynn. Elle craignait qu'après cette nuit-là, Harry ait voulu rompre leurs fiançailles car il l'avait trouvée repoussante. Cette idée lui donnait la nausée.

— Que craignez-vous ?

Kitty haussa les épaules.

— Je ne sais pas. J'ai peur qu'il ne veuille pas de moi comme épouse, c'est tout.

La compassion dans les yeux de Wynn lui était insupportable.

— Oubliez tout cela, ajouta-t-elle à la hâte. Et vous ? Avez-vous des visiteurs ?

* * *

Lors du petit-déjeuner le lendemain matin, elle tenta de nouveau de le garder pour le souper.

— Monsieur le Comte, puis-je inviter des amis à dîner ?

— Quels amis, chaton ?

Ce petit sobriquet la peinait, étonnamment. Ils vivaient ensemble comme deux étrangers, après tout.

— Wynn. Et Teddy.

Il leva brusquement la tête en entendant ce second prénom, qu'elle avait prononcé d'un ton désinvolte.

— Non, répondit-il.

— Mais Harry...

— J'ai dit non.

— Mais Wynn est ma meilleure amie, Harry, et je ne la vois presque plus...

Elle s'interrompit en le voyant hausser les sourcils.

— Vous lui avez rendu visite plusieurs fois ces dernières semaines, rétorqua-t-il, et elle fut surprise qu'il en sache aussi long sur ses allées et venues. Est-ce Wynn que vous souhaitez voir, ou son frère ?

Elle soupira.

— Je pensais que vous m'aviez crue, quand je vous ai assuré qu'il n'y avait rien entre nous.

— Je vous crois, mais cela ne signifie pas que je veuille voir cet homme chez moi. Le croiser quotidiennement à la chambre des Lords m'est déjà suffisamment pénible.

— Je l'ai invité à notre réception, vous savez.

— Je m'en souviens, oui.

— En quoi est-ce différent ?

— C'est différent, et vous savez pourquoi. À présent, cessez. Si j'en entends encore parler, vous finirez sur mes genoux.

Le ventre de Kitty frémit et un frisson brûlant envahit son entrejambe. Elle ignorait si cela était causé par sa jalousie ou par sa menace de la prendre en mains. Il ne faisait aucun doute que sa jalousie la rassurait.

Harry se leva de table.

— Je rentrerai tard ce soir.

— Mais nous sommes vendredi ! protesta-t-elle.

— J'ai une réunion, dit-il d'un ton sec.

Quelque chose lui disait qu'il mentait. Alors qu'elle le regardait partir, toute la rancœur qu'elle avait éprouvée envers lui refit surface. Elle lui en voulait d'avoir acheté sa main, d'avoir contribué à détruire sa réputation, d'avoir tenté de rompre leurs fiançailles, et à présent, de se comporter comme si elle n'existait pas. Elle le détestait de la laisser là, toute seule, soir après soir, prisonnière à vie des murs de sa maison. Pour la centième fois, elle se demanda *pourquoi* il avait souhaité l'épouser.

Eh bien, si pour lui ce mariage n'était qu'une façade, elle ferait de même. D'ailleurs, elle regagnerait sa demeure familiale de Penrock afin qu'il n'ait plus à voir son visage.

Cette décision prise, elle fit atteler la calèche et demanda à sa femme de chambre, Violet, de préparer une malle pour leur départ. Après avoir arpenté la pièce avec agitation, elle s'assit pour écrire un mot à Harry.

Monsieur le Comte,
Il me semble que nous nous porterons mieux séparés. Je resterai à Penrock jusqu'à...

Elle s'interrompit. Jusqu'à quand ? Jusqu'au bal qu'ils devaient donner ? Ou ferait-elle mieux de l'annuler ? Elle reprit sa plume :

~~*jusqu'à*~~ *indéfiniment. Veuillez m'informer de vos intentions concernant le bal.*

– Kitty

Mentionner le bal lui semblait idiot, mais si leur union avait pour but de sauver les apparences, cette réception était nécessaire pour restaurer son honneur. Elle était prête à tourner le dos à leur couple, mais pas à la société dans son ensemble. Elle confia le mot au majordome, qui affirma avec déférence que Lord Westerfield ne souhaiterait pas qu'elle voyage sans lui.

— Violet m'accompagne. S'il désapprouve, il n'a qu'à venir me chercher, dit-elle d'un ton de défi, tout en réalisant que c'était précisément ce qu'elle espérait.

Une fois la calèche prête, Violet et elle se mirent en route et roulèrent presque toute la journée. Elle passa le temps en imaginant sa joie en retrouvant la maison de son enfance et en profitant de la compagnie de son frère, de sa belle-sœur et de leurs deux enfants. Cependant, à son arrivée, ses doutes quant à sa décision prenaient toute la place.

Mrs Baker, la gouvernante, vint à la rencontre de la calèche.

— Miss Kitty ! Pardon, c'est Lady Westerfield désormais, n'est-ce pas ? Nous avons été informés de vos fiançailles, puis de votre mariage.

La honte de son union précipitée fit rougir Kitty.

— Euh, oui.

Mrs Baker tordit le cou pour regarder derrière elle.

— Où est Lord Westerfield ?

— Il n'est pas avec moi.

— Oh, je vois.

Mrs Baker avait une expression si compatissante que Kitty protesta aussitôt :

— Tout va bien, dit-elle d'un ton gai. Je mourais d'envie de voir Frankie et John ! Comment se portent mes neveux ?

Mrs Baker fronça les sourcils.

— Eh bien, ils sont partis rendre visite à la famille de Mrs Stanley dans le Yorkshire avec leurs parents, ne le saviez-vous pas ?

Le cœur de Kitty se serra, mais elle tenta de garder une expression joyeuse qui ne sembla toutefois pas convaincre la gouvernante. Cette dernière lui tapota la main.

— Ne vous en faites pas, ma chère. Nous nous occupe-rons bien de vous jusqu'à leur retour. Un séjour chez vous, c'est précisément ce qu'il vous faut.

Les larmes montèrent aux yeux de Kitty, et elle les ravala, se sentant ridicule. La compassion de Mrs Baker était inutile. Que vivait-elle de si horrible pour prendre ses jambes à son cou ? Elle faisait passer Harry pour le pire des maris, un homme qu'elle détestait ou craignait, et qu'elle fuyait pour des raisons dramatiques. Elle suivit la gouvernante à l'inté-rieur et s'assit dans sa chambre d'enfant, une pierre au fond de l'estomac.

Que faisait-elle donc ici ?

Si elle était honnête, elle admettrait qu'elle avait voulu punir Harry, ou le pousser à agir. Et réaliser cela lui donna l'impression d'être aussi puérile que l'enfant qui avait un jour occupé cette chambre.

Ce n'était pas ce qu'elle voulait être, et elle voulait encore moins jouer les épouses humiliées et fuyardes. Elle avait commis une terrible erreur. Son meilleur espoir, le seul, en vérité, était que Harry se lance à sa poursuite. Mais elle savait que s'il le faisait, elle devrait en payer les conséquences. Un frisson lui parcourut l'échine.

Son plaisir à l'idée d'être de retour chez elle était éclipsé par son angoisse de plus en plus forte. Elle mangea un dîner léger et se coucha tôt, bien qu'elle dormît peu. Le lendemain matin, elle prit son petit-déjeuner et tenta de lire un roman.

Le son d'une calèche la fit bondir et courir à la fenêtre. Elle aurait reconnu entre mille les longues jambes de son époux qui sortaient d'une calèche de location. Terrifiée et enthousiasmée à la fois, elle se rua dans le petit salon et dit à Baker, le majordome, de faire entrer Lord Westerfield dès son arrivée.

Le temps avait beau sembler en suspens, seules quelques minutes s'écoulèrent avant que Baker frappe à la porte.

— Lord Westerfield, Madame, annonça-t-il avec plus de formalité qu'il n'était de coutume à Penrock.

Elle se leva et s'efforça de ne pas se tordre les mains. Les yeux de Harry brûlaient de colère, son visage était dur et pâle.

— Monsieur le Comte, dit-elle d'une voix faible.

— Euh, Madame ? dit Baker, hésitant sur le seuil. Pardonnez-moi de vous interrompre, mais... dans quelle pièce devrais-je porter la malle de Lord Westerfield ?

Le regard inquisiteur de Harry la transperçait, et elle sut qu'il valait mieux éviter de jouer.

— Dans ma chambre, Baker. Je vous remercie.

Harry ferma la porte à clé après le départ du majordome.

— Que signifie tout ceci ? demanda-t-il d'un ton impérieux en agitant le mot qu'elle lui avait laissé.

Elle inspira, mais resta sans voix.

— Dites-moi... souhaitez-vous réellement me quitter, ou s'agit-il là encore d'une de vos manigances ?

Elle se ratatina sous son regard noir. Elle pouvait seulement lui répondre la vérité :

— L'une de mes manigances, admit-elle d'une toute petite voix.

En deux grands pas, il la rejoignit, s'assit sur le sofa et l'allongea sur ses genoux sans un mot.

* * *

Harry commença à la fesser avant même qu'elle soit installée. Il avait voyagé toute la nuit dans un état d'angoisse terrible, et découvrir que la disparition de Kitty n'était qu'une façon de le manipuler méritait une correction. Il la fessa de toutes ses forces, se servant de son autre main pour maintenir ses jupons levés. Elle se tortilla, mais ne chercha pas à se soustraire à sa punition. Il s'interrompit uniquement pour lui baisser ses dessous, exposant les deux globes déjà roses qu'il comptait faire rougir davantage.

Il la fessa sur le bas des fesses, se concentrant sur la jonction avec ses cuisses, canalisant toute la souffrance qu'il avait éprouvée dans ses coups. La peau délicate de Kitty rougit puis devint violacée, et des marbrures se mirent à apparaître. Kitty ne pleurait pas, mais poussait des plaintes et de petits cris, les doigts serrés sur les coussins du sofa, les hanches montant et descendant au gré des claques. Il continua de la fesser jusqu'à ce que son bras fatigue et que sa paume le brûle, puis il remonta les dessous de Kitty, baissa ses jupons et l'assit à ses côtés.

— Restez là, je vais chercher une baguette de bois.

— Une baguette ! Harry, non !

Elle bondit du sofa, l'attrapa par le bras et planta les talons dans le sol pour l'arrêter. Elle avait les joues rouges, les yeux affolés.

— Je vous avais prévenue de ne pas jouer avec moi.

— Je sais, je suis désolée. Je sais que je mérite d'être punie.

Elle le surprit en se laissant tomber à genoux, toujours agrippée à son bras.

— Mais je vous en prie... pas de coups de baguette ?

Sa supplication s'acheva dans un murmure, ses yeux implorants plantés dans les siens.

La résolution de Harry s'envola. Son épouse fougueuse et fière le suppliait à genoux. C'était une chose qui ne cessait de l'étonner à son sujet ; elle avait beau être vive et entêtée, elle se soumettait toujours à son autorité. Il se souvint de sa douceur et de sa docilité après la première fessée qu'il lui avait donnée. Il posa une main sur sa joue et caressa sa peau soyeuse avec son pouce.

— La baguette vous fait peur ?

Un petit hochement de tête empressé lui répondit.

— Venez, soupira-t-il en l'aidant à se lever. Conduisez-moi à votre chambre. Une longue fessée vous attend.

— Oui, Monsieur le Comte, chuchota-t-elle, l'amadouant davantage par son manque de combativité.

Elle s'inclina dans une profonde révérence pleine de reconnaissance, lui offrant une vue charmante sur sa poitrine rehaussée.

Elle le mena à l'étage jusqu'à sa petite chambre où les vestiges de son enfance étaient visibles dans la poupée de chiffon rapiécée sur l'étagère, et un exemplaire des *Contes de la Mère l'Oye*.

Il ferma la porte à clé derrière lui, ôtant son gilet et ses boutons de manchettes pour se retrousser les manches. Kitty l'observait, figée.

— Pourquoi m'avez-vous quitté ? demanda-t-il, la voix subitement étranglée par l'émotion.

Elle lui lança le même regard suppliant que dans le petit salon. Il s'assit au bord du lit.

— Venez.

Elle obéit sagement et se planta devant lui, ses yeux débordant d'inquiétude sondant son visage. Il la prit par les hanches, veillant à ne pas la serrer aussi fort que ses mains tremblantes l'auraient voulu. Car à présent qu'il la tenait, à présent qu'il savait qu'elle lui appartenait toujours, son désir de la posséder pleinement le submergeait.

— Pourquoi m'avez-vous quitté ? répéta-t-il.

Des larmes brûlantes et inattendues lui montèrent aux yeux, et il battit rapidement des cils tout en se raclant la gorge.

— Qu'ai-je encore fait pour que vous deviez recourir à des mesures aussi extrêmes pour attirer mon attention ?

Elle avait vu ses larmes, et elle plongea les doigts dans ses cheveux, les serra.

— Rien ! Rien, je suis navrée. C'est seulement... Je ne comprends pas pourquoi vous ne m'avez pas... prise.

— Oh, Seigneur !

Un sentiment d'injustice fit tambouriner son cœur, et son membre durcit douloureusement. Il la tira vers lui, entre ses jambes, contre son corps, puis il la fit s'agenouiller. Elle s'agrippa à ses cuisses, le menton tremblant.

— Kitty, dit-il d'une voix rauque. Je me retenais pour vous. Je croyais que vous n'en aviez pas envie. Vivre dans la même maison que vous sans vous toucher était une torture.

Et au lieu de subir cette torture une seconde de plus, il

tira sur les manches de sa robe, la déchirant et la faisant descendre sur sa taille.

Il se jeta sur elle, plaçant une main derrière son crâne alors qu'elle tombait à plat dos sur le tapis. La bouche collée à son cou, il tira sur son corset pour libérer ses seins tendres. Il les pétrit d'un geste possessif tandis qu'elle haletait et se cambrait sous ses mains.

— Pauvre imprudente, gronda-t-il à son oreille en lui coinçant les poignets au-dessus de la tête. Il me sera impossible d'être doux, à présent.

— Oh, Harry ! s'exclama-t-elle, lui faisant perdre la tête en ondulant sous son corps.

Elle se tortillait, mais son visage témoignait seulement de son désir alors qu'elle écartait les jambes pour l'accueillir entre ses cuisses. Il lui pinça les tétons, les fit rouler tandis qu'ils durcissaient, les suça jusqu'à ce qu'elle gémisse de plaisir.

— Kitty, mon petit chaton, dit-il d'une voix grave et gutturale. Il lui enleva son corset et baissa sa robe sur ses hanches. Elle s'immobilisa lorsque ses doigts atteignirent la ceinture de ses dessous et se hissa sur les coudes, l'observant d'un regard d'aigle tandis qu'il dénudait lentement sa partie la plus intime.

Il écarta ses cuisses tremblantes, se reput du rose tendre de son sexe, de la touffe de poils noirs et soyeux qui le surmontaient. Baissant la tête, il lui donna un coup de langue, faisant tressauter son bassin. Il plaqua ses fesses au sol et plongea sous l'une de ses jambes pour mieux accéder à son centre exotique, usant de sa langue pour écarter ses petites lèvres et faire le tour de son antre.

Elle haleta, l'air quelque peu alarmée.

— Harry !

— Chut, chaton. Vous m'appartenez, et je ferai ce qui me plaît.

— Oh ! s'exclama-t-elle.

Son sexe pulsait, trempé. Elle tenta de faire onduler son pelvis, tirant Harry vers elle puis le repoussant pour résister à sa caresse.

— Ne vous en faites pas. Ouvrez-vous pour moi, chaton. Je vais vous donner du plaisir. Ce ne sera pas comme la dernière fois, je vous le promets.

Sans cesser de tracer des cercles avec sa langue, il introduisit son pouce dans l'entrée étroite et fit de lents va-et-vient avant de le troquer contre deux doigts, tout en maintenant son bassin contre le sol.

— Oh... oh, oh, Harry !

Son sexe se contracta frénétiquement sur les doigts de son époux tandis qu'elle levait les hanches.

— Voilà, murmura-t-il. C'est bien, chaton.

Tout son corps se détendit, et sa tête roula sur le côté tandis qu'elle reprenait son souffle. Après quelques instants, elle se redressa sur les coudes et l'observa.

— Mais ce n'est pas *tout*, n'est-ce pas ? Oh, bien sûr que ce n'était pas tout, dit-elle, rougissante.

— Ce n'était que l'échauffement, répondit-il avec un sourire.

Elle saisit sa tête et le tira vers elle pour l'embrasser avec des lèvres plus douces que des pétales de rose.

Lorsqu'ils se séparèrent, il murmura :

— Cela veut-il dire que je vous ai comblée ?

— Cela veut dire que je suis prête, Harry.

* * *

Il se leva et l'aida à se mettre debout.

— Allez sur le lit, ordonna-t-il en commençant déjà à ôter sa chemise blanche amidonnée et son pantalon.

Sa silhouette imposante était toute en muscles nerveux. Le corps d'un docker plus que d'un sang bleu. Son torse était parsemé de poils bouclés, et son ventre se fuselait jusqu'à des hanches étroites. Elle prit une inspiration en voyant son membre dressé vers elle. Il s'approcha du lit, puis y grimpa avec un regard de prédateur.

La jouissance de Kitty lui avait empesé les membres, mais son cœur s'emballa en voyant Harry approcher. Elle n'avait pas peur. La première fois avait été douloureuse, mais c'était normal. Même si elle souffrait cette fois aussi, elle était impatiente d'essayer. Mais elle ne savait pas à quoi s'attendre, ni quoi faire.

— Pourquoi avez-vous dit que vous vous reteniez, avant ? lui demanda-t-elle.

Elle regretta aussitôt sa question, car il s'arrêta, les sourcils froncés. Il s'allongea sur elle et lui écarta les cuisses, en appui sur les coudes, le visage à quelques pouces du sien. Elle sentait la pression de son sexe chaud sur le sien, et cela la submergea d'une vague de désir.

— Je ne voulais pas abuser de vous à nouveau.

— Cela ne m'avait pas tant dérangée, admit-elle. Ce qui m'a dérangée c'est...

Elle s'interrompit.

— Quoi donc, mon chat ? l'encouragea-t-il en l'embrassant dans le cou.

— Que vous ne vouliez plus m'épouser ensuite.

— Que je ne veuille plus... Mais bien sûr que je voulais vous épouser, bécasse !

Soudain, il fondit sur elle et l'embrassa à pleine bouche, avant de descendre dans son cou tout en pétrissant ses fesses. D'un seul coup de reins il plongea en elle, et son passage étroit l'accueillit pleinement. Elle haleta, et il s'immobilisa.

— Tout va bien ? s'enquit-il d'une voix rauque.

— Oui, gémit-elle, l'encerclant de ses jambes pour l'attirer davantage en elle.

Il soupira de plaisir et se mit à aller et venir, la chaleur mouillée enveloppant son membre, et à chaque mouvement il relevait le bassin pour stimuler le petit bouton de plaisir de Kitty. Il plongea en elle encore et encore, de plus en plus vite et fort, l'étirant à chaque passage. Il y avait de la douleur et il y avait du plaisir, et les deux se mêlèrent dans une cascade de sensations jusqu'à ce qu'elle ait l'impression d'être sur le point d'éclater en mille morceaux.

Et cela arriva.

Tout son corps se tendit et elle poussa un cri, serrant les bras et les jambes autour de Harry, l'attirant encore plus profondément tandis qu'il poursuivait ses va-et-vient jusqu'à atteindre comme elle la jouissance, son membre enserré par les muscles de son sexe. Il resta enfoncé en elle durant un long moment, sa respiration effrénée ralentissant peu à peu contre l'oreille de Kitty. Elle huma son odeur masculine, l'odeur de leurs ébats, fascinée de la beauté de cet acte. Effleurant ses épaules avec ses ongles, puis plongeant les doigts dans ses cheveux bruns, elle explora son corps. Quelques instants plus tard, le membre de Harry glissa hors d'elle et il roula sur le côté.

— Vous sentez-vous bien ? lui demanda-t-il.

— Quelle question !

— Je dois la poser, car toutes nos difficultés sont nées du fait que je ne vous comprenais pas suffisamment. Comme je vous l'ai déjà dit, je suis maladroit avec les femmes. Si je veux apprendre à vous rendre heureuse, il m'est nécessaire d'arrêter les suppositions et de vous consulter.

Elle lui caressa le visage.

— Et si je souhaite vous rendre heureux, je dois vous

comprendre. Je suis douée pour décrypter les gens, mais avec vous, je suis face à un défi de taille !

Il la regarda d'un air hébété.

— Vous souhaitez me rendre heureux ? demanda-t-il d'une voix éraillée.

— Bien sûr, idiot ! susurra-t-elle. Ne comprenez-vous pas que je vous aime ? Je vous aime depuis le soir où vous m'avez corrigée pour la première fois.

Harry semblait toujours stupéfait.

— Ce n'était pas à cause de la fessée, ajouta-t-elle à la hâte. C'était à cause de la façon dont vous ne vouliez plus me lâcher, ensuite.

Il rit doucement.

— Je vois. Alors c'est cela qui vous manquait, durant tout ce temps ? Vous vous êtes enfuie pour voir si je vous lâcherais ?

Elle se sentit rougir.

— Oui, je crois, dit-elle d'une petite voix.

— Et pendant tout ce temps, j'ai fait tout le contraire, prenant mes distances pour ne pas vous étouffer de ma passion. Car je vous ai aimée dès que je vous ai vue, Kitty.

— Pourquoi ? demanda-t-elle.

Il rit.

— Vous n'avez de cesse de me poser cette question. Comment expliquer l'amour que l'on ressent ? Je crois que c'était votre façon de me parler, si intime, si taquine. Vous m'avez tiré du silence comme personne n'avait jamais su le faire.

Les yeux de Kitty s'embuèrent de joie, et Harry se pencha pour l'embrasser tendrement sur la bouche. Elle répondit à son baiser, entrouvrant les lèvres pour explorer les siennes, ses deux mains de part et d'autre de son visage. Lorsqu'ils se séparèrent, Harry la serra contre son grand corps.

— Je ne vous lâcherai plus, promit-il. Et je suis terriblement désolé de vous avoir blessée.

— Allez-vous me donner une fessée malgré tout ? s'enquit-elle d'une petite voix étouffée.

— Oui, répondit-il aussitôt, lui arrachant un gloussement nerveux.

Elle se blottit contre lui, cherchant du réconfort avant sa punition.

— Maintenant ?

— Non, répondit-il en lui caressant les cheveux. Je ne voudrais ternir ce moment pour rien au monde.

Elle leva la tête, plus assurée maintenant qu'elle savait qu'il aimait qu'elle le taquine.

— Quel moment ternirez-vous, alors ?

Souriant, il lui donna une pichenette sur le menton.

— Je l'ignore. Peut-être que je vous laisserai en suspens, à redouter son arrivée.

— Non, Harry, je vous en prie. Dites-le-moi.

Son expression se fit sérieuse.

— Demain, alors. Avant d'aller au lit.

— Mais sans baguette de bois ?

Il esquissa un sourire.

— Sans baguette de bois, chaton. Mais si vous tentez à nouveau de me quitter, je vous fouetterai tous les soirs durant une semaine, c'est compris ?

Elle se pelotonna contre son torse comme pour se cacher. Il l'étreignit en riant.

— Maintenant que je sais de quel outil user pour vous punir, il me sera plus facile de vous rendre docile.

CHAPITRE SEPT

Il était épatant de constater à quel point il se sentait mieux qu'une heure auparavant seulement. L'angoisse qui l'avait tenaillé durant son trajet nocturne en calèche avait été remplacée par une joie débordante. Tout était parfaitement en ordre. Il comprenait enfin Kitty, ou en tout cas, il la comprenait mieux, et il serait ravi de la découvrir davantage. Il sortit du lit et se lava le visage dans la cuvette avant de s'habiller.

— Votre frère est-il présent ? Je ne l'ai pas vu lorsqu'on m'a accueilli.

Kitty était toujours allongée sur le lit, étendue sur le côté pour l'observer, apparemment sans être gênée d'être nue. La voir ainsi, comme s'ils étaient mariés depuis longtemps et parfaitement à l'aise l'un avec l'autre, lui octroya une nouvelle bouffée de satisfaction.

— Il s'avère qu'il rend visite à la famille de son épouse à York pendant quinze jours, dit-elle, chagrinée.

Il haussa un sourcil.

— Je sais, gémit-elle. Si vous n'étiez pas venu, je me serais morfondue ici.

Il tenta de garder une expression réprobatrice, mais l'entendre admettre cela le mettait encore plus en joie, et il sourit. Elle roula sur le lit et il s'interrompit pour admirer le mouvement de ses seins. Lui qui n'avait jusqu'à présent jamais souhaité avoir d'enfants, il se surprit à l'imaginer enceinte de lui. Elle serait sublime avec le ventre rond, la poitrine gonflée par le lait à venir. Il prit une nouvelle inspiration comblée et elle lui sourit.

— Vous devez avoir une faim de loup, Monsieur le Comte, dit-elle en commençant à s'habiller.

— Oui, je crois bien que oui.

— Je vais demander à ce que l'on vous prépare un petit-déjeuner, et ensuite, que diriez-vous d'une chevauchée ?

— Il me semblait l'avoir déjà fait ce matin, commenta-t-il crûment.

Elle gloussa et lui tourna le dos pour qu'il l'aide à lacer son corset ; encore un plaisir de son rôle d'époux. Il se jura de ne jamais permettre à Violet d'aider sa femme à s'habiller s'il était présent.

Après le petit-déjeuner, Kitty le mena aux écuries, où elle fut accueillie avec enthousiasme par le palefrenier.

— Miss Kitty ! Non, c'est Lady Westerfield désormais, n'est-ce pas ?

L'homme jeta un coup d'œil derrière elle et s'inclina.

— Lord Westerfield. Mes félicitations.

Il sella deux chevaux pour eux : une jument grise pommelée pour elle et un étalon alezan pour lui.

Kitty se mit en selle puis se tourna vers Harry avec un sourire espiègle.

— Essayez de m'attraper ! lança-t-elle.

Elle s'élança avant même que Harry ait monté son étalon.

Hilare, il lança son cheval au petit galop, suivant les silhouettes gracieuses de la cavalière et de sa monture. Les longs cheveux de Kitty lui tombaient dans le dos, se balançant tandis qu'elle guidait sa jument avec souplesse. Il s'émerveilla de la voir monter avec un tel talent. Elle avait beau être assise en amazone, elle chevauchait aussi bien qu'un homme. Il dut se dépasser pour ne pas la perdre de vue, car comme elle connaissait les lieux et sa monture, elle le devançait largement. De temps à autre, elle jetait un coup d'œil pardessus son épaule en riant, éveillant chez Harry l'instinct primitif de la poursuivre et faisant durcir son membre de désir.

Elle le mena à travers les bois, au-delà d'un petit ruisseau et par-dessus une colline couverte de bruyère avant de s'enfoncer de nouveau dans la forêt, s'arrêtant enfin lorsqu'ils atteignirent un mur de pierre. Il mit pied à terre et attacha son cheval, avant de se diriger vers Kitty et de l'aider à descendre de sa jument, qui fit un pas de côté et souffla, indignée.

Kitty écarquillait les yeux, et il lut dans ce regard une note de doute, comme si elle craignait une réprimande pour son petit jeu, mais il la rassura bien vite en plaquant sa bouche à la sienne. Elle referma les mains sur ses bras pour ne pas perdre l'équilibre et renversa la tête en arrière en signe de reddition totale, lui permettant de déposer une série de baisers le long de son cou jusqu'au creux de sa gorge délicate. La jument s'ébroua, et il rit, saisissant les rênes pour l'attacher avant de retourner à sa dame.

Il la serra contre lui, une main glissée derrière elle pour pétrir ses fesses. Il passa une jambe entre ses cuisses et elle s'y frotta de bas en haut.

— Je vous avais bien dit que je vous suivrais toujours, gronda-t-il à son oreille, et elle lâcha un gémissement inintelligible.

Il la fit reculer, leurs corps toujours unis, jusqu'à ce que le dos de Kitty soit plaqué au mur de pierre. Puis il se dégagea doucement de ses bras et la fit pivoter face au mur, plaçant ses paumes sur la pierre.

— Permettez-moi de vous montrer ce qu'être Lady Westerfield implique, lui murmura-t-il à l'oreille en soulevant ses jupons.

Elle lâcha un son mi-plaintif, mi-encourageant.

— Cela implique que vous vous donniez à moi quand je veux, où je veux.

Il promena les doigts entre ses jambes et sentit la moiteur de son sexe à travers ses dessous en lin.

— Vous en êtes capable, chaton ?

—Je... je ne sais pas, répondit-elle d'une voix chevrotante.

Il trouva l'entrebâillement de ses dessous et y plongea les doigts, guidant son majeur dans ses fluides pour la pénétrer.

— Oui, Monsieur le Comte, dit-elle finalement. Oui, j'essayerai.

— Gentille fille, ronronna-t-il à son oreille.

Il tira sur le lacet de ses dessous pour les baisser et ordonna :
— Écartez les jambes.

Lorsque ses dessous furent tombés au sol, il lui écarta les pieds. Sa peau sensible était toujours couverte de quelques marbrures après la fessée qu'il lui avait donnée plus tôt, une interaction qui semblait si distante, si éloignée de l'intimité qu'ils partageaient désormais, que cette vision lui sembla étrange. Il ramassa une longue brindille et lui chatouilla les fesses. Elle gloussa et le regarda par-dessus son épaule.

— Je vais peut-être vous fouetter, finalement, dit-il en levant le bras et en abattant la brindille de manière théâtrale. Hélas, elle s'est cassée.

Cela lui valut un autre gloussement.

Il frotta le bout de son sexe à la fente accueillante et elle gémit en se collant contre lui.

— C'est bien, l'encouragea-t-il, devinant qu'elle était sans doute endolorie après leurs récents ébats et désireux de se montrer doux. Ouvrez-vous pour moi.

Il sentit ses muscles se détendre pour le laisser se glisser en elle.

— Voilà, comme ça.

Il se mit à aller et venir, d'abord avec douceur, avant d'oublier toute retenue au fur et à mesure qu'il savourait la vulgarité avec laquelle il la prenait, comme une villageoise, en plein air. Il pinça l'un de ses tétons à travers le tissu de son corsage et s'enfonça profondément, lui arrachant un cri à chaque coup de reins jusqu'à ce qu'il atteigne l'orgasme, son torse collé au dos de Kitty, prenant ses seins en mains tandis qu'il répandait sa semence. Elle jouit à son tour, frémissant en réaction à son extase, glissant la main entre ses cuisses comme pour le retenir en elle.

Il l'embrassa dans le cou.

— Vous sentez-vous bien ? s'enquit-il avant d'avoir pu ravaler sa question habituelle.

Elle rit.

— Et si je ne me sentais pas bien ?

Il se retira avec douceur et donna une légère claque à ses fesses nues.

— Je vous répondrais que je suis navré, mais qu'il s'agit de votre devoir, plaisanta-t-il.

Elle pivota et tira sur le bout de son foulard pour le lui enlever. Hilare, il la prit dans ses bras pour un dernier baiser passionné avant de se remettre en selle et de regagner la propriété. Ils dînèrent après une après-midi de détente passée à rire et discuter, mais à la fin du souper, il remarqua que Kitty semblait agitée.

— Craignez-vous votre fessée ? demanda-t-il gentiment.

Elle fronça les sourcils.

— Est-ce bien nécessaire ?

— Je le crains, chaton. Je dois m'assurer que vous retiendrez la leçon.

— Je l'ai déjà retenue ! assura-t-elle.

Il hocha la tête.

— Je vous crois, mais vous aurez tout de même droit à votre fessée.

Les épaules tombantes, elle baissa les yeux sur son assiette vide.

— Finissons-en, dit-il.

Il se leva et la guida à l'étage, jusqu'à la chambre.

* * *

— Déshabillez-vous.

Elle déglutit. Le fait qu'il lui ôte ses vêtements, plus tôt, c'était une chose, mais se voir ordonner de les enlever sous ses yeux était complètement différent. Elle hésita et il haussa les sourcils de l'air autoritaire dont il avait le secret. Elle enjoignit son cœur à ralentir tandis qu'elle lui tournait le dos pour qu'il l'aide à dégrafer sa robe. L'effleurement de ses doigts enflamma son bas-ventre, et ses jambes se mirent à flageoler. Elle ôta tous ses vêtements, y compris ses bas et ses porte-jarretelles.

Comme il l'avait fait le matin même, il ôta méthodiquement son gilet et ses boutons de manchettes pour se retrousser les manches. Son visage était impassible, mais ses yeux semblaient toujours contenir la chaleur qu'elle y avait lue toute la journée. Un frisson qui n'était pas dû qu'à la peur la parcourut.

Elle avait pensé à cette fessée depuis le matin, de plus en plus anxieuse à mesure que les heures passaient, mais son désir de satisfaire son époux avait également grandi. Le fait qu'il la prenne en mains le rendait plus séduisant à ses yeux. Mais cela ne signifiait pas pour autant qu'elle voulait une grosse fessée.

Elle s'assit sur le lit pour cacher ses parties les plus vulnérables. Harry sortit le cuir à rasoir tant redouté de sa malle de voyage et s'en frappa doucement la paume. Elle se mordit la lèvre, tentée de se jeter à ses pieds à nouveau pour implorer sa clémence. Il cala des oreillers contre la tête de lit et s'y adossa, les jambes allongées devant lui. Il se tapota les cuisses d'un air entendu.

Elle parvint à étouffer la plainte aiguë qui lui montait dans la gorge et rampa jusqu'à lui, avant de se coucher en travers de ses genoux.

— Dans l'autre sens, je vous prie.

— Oh !

Gênée de s'être trompée, elle rectifia sa position. Il caressa doucement ses fesses, faisant frissonner tout son corps.

— Pourquoi vais-je vous fesser, Kitty ?

— Parce que je vous ai quitté, dit-elle d'une voix étouffée par l'édredon.

Il abattit brusquement sa paume sur une fesse. Il ne frappait pas aussi fort que ce matin-là, quand elle avait senti l'ampleur de sa colère dans chaque impact cinglant, mais cela restait douloureux. Il frappa l'autre côté, puis le milieu, avant de répéter la même suite : droite, gauche, centre. Elle se tortillait sous la brûlure tandis qu'il poursuivait en rythme, frappant les trois mêmes endroits encore et encore. Elle qui avait cru qu'il était moins brutal que le matin, elle changea d'avis lorsqu'il augmenta le tempo et l'intensité de ses coups. Le souffle haletant, elle s'efforça de ne pas paniquer. Après d'interminables minutes, il s'interrompit et massa son derrière en feu.

Cette caresse était si tendre qu'elle se surprit à lever les fesses comme pour en redemander. Elle crut entendre Harry retenir son souffle.

Il ne se laissa pas distraire, cependant, et elle le sentit ramasser sa lanière de cuir. Elle serra aussitôt les fesses, le dos courbé.

Il abattit le cuir avec plus de force qu'elle l'aurait cru possible. Sa chair s'écrasa et se repulpa. Une ligne de feu traversait son derrière. Le deuxième coup s'abattit juste en dessous, tout comme le troisième. Elle étouffa ses cris dans l'édredon afin que les domestiques ne l'entendent pas. Entre chaque coup, il lui laissait quelques secondes pour reprendre ses esprits, même si elle n'était pas certaine qu'il s'agisse d'une bénédiction. Le coup suivant atterrit à la naissance de ses cuisses et elle hurla de nouveau dans l'édredon, sanglotant de plus belle. Il remonta le long de ses fesses, puis redescendit. C'était un supplice ; chaque coup causait une marque fraîche en travers des anciennes, et la douleur en était ainsi démultipliée.

— Pourquoi m'avez-vous quitté ?

Il lui fallut un moment pour comprendre qu'il reprenait la conversation à ses débuts, et un autre moment pour qu'elle se reprenne suffisamment pour répondre.

— Parce que je suis une vilaine épouse ! s'exclama-t-elle.

Il eut un rire rauque et laissa la lanière de cuir glisser comme une caresse sur sa croupe.

— En effet, vous êtes très vilaine. Mais pourquoi êtes-vous partie ? Qu'attendiez-vous de moi ?

Il abattit de nouveau le cuir sur ses fesses, de sorte qu'il lui fut impossible de répondre, trop distraite par sa peau en feu. Elle put seulement lâcher :

— Ça !

Il rit à nouveau, et lui donna un autre coup, mais plus faible.

— C'est cela que vous vouliez ? Être couchée sur mes genoux et être fouettée ?

— Non ! Oui... Je veux dire... non !

Elle se trémoussait sur ses jambes, et il abattit le cuir une nouvelle fois.

— Aïe ! Harry !

Il frappa son autre cuisse.

— Argh ! Je voulais simplement... que vous me couriez après... Je voulais avoir la preuve que vous teniez à moi !

Il s'immobilisa, puis la fit rouler vers lui pour la serrer dans ses bras.

— Vous ne saviez pas ? murmura-t-il d'une voix un peu étranglée. Chaton, je tiens *trop* à vous. Je suis dans tous mes états depuis que je vous ai rencontrée.

Il chassa l'une de ses larmes d'un baiser et ajouta :

— Je vous désire avec une passion si profonde que je crains de vous briser les os si je ne me refrène pas.

Il lui embrassa la tempe.

— J'ai commis toutes sortes d'erreurs à cause de ce désir brûlant. J'ai tenté de sauter l'étape de la séduction, ce qui vous a offensée ; je me suis comporté comme un aliéné avec ma jalousie, et je vous ai prise de force comme une brute. J'en suis navré. Je tentais simplement de mettre mes sentiments sous cloche afin de ne plus vous heurter. Je voulais vous laisser votre espace... le temps que vous vous fassiez à l'idée d'être mon épouse.

Elle lui toucha la joue, touchée aux larmes par la souffrance évidente dont il témoignait.

— C'est pour cette raison que vous ne rentriez pas le soir ?

Il hocha la tête, puis esquissa un sourire chagriné.

— Comme vous l'avez découvert, je suis incapable de vous fréquenter sans avoir envie de vous prendre chaque minute de chaque jour. Être en votre présence sans vous avoir me rendait fou.

Il posa la main sur ses fesses en feu, lui rappelant sa possessivité.

— Je vous aime, Kitty. Mon cœur s'est arrêté de battre lorsque j'ai découvert votre disparition. J'ai retenu mon souffle durant tout le trajet. Si vous m'aviez dit que vous me quittiez pour de bon, j'aurais sûrement élu résidence au Spencer's et je n'en serais plus jamais sorti. Ou bien j'aurais cessé de parler pour de bon.

Elle rit alors que de nouvelles larmes ruisselaient sur ses joues. Il les essuya avec son pouce et demanda d'une voix éraillée :

— Pouvez-vous me promettre de ne plus jamais me faire une telle chose ?

— Je vous le promets ! Oui, je vous le promets, Harry. Je suis navrée. Je me sentais si seule. Un instant, vous étiez gentil et attentionné, et le suivant, j'avais l'impression que vous ne souhaitiez pas me fréquenter du tout.

— Que je ne souhaitais pas vous fréquenter ? répéta-t-il en la regardant avec compréhension. Oh, Kitty. Je suis terriblement désolé. Je n'imaginais pas que vous puissiez tenir suffisamment à moi pour que mon absence vous blesse.

Elle se mit à pleurer et blottit le visage contre son torse.

— Oui, j'étais blessée, dit-elle dans sa chemise.

Il lui releva la tête.

— Me pardonnerez-vous ?

Elle hocha la tête.

— Je ne suis pas bon orateur, Kitty. Mais vous, si. Vous vous exprimez mieux que quiconque. La prochaine fois, pourrez-vous me dire ce que vous attendez de moi ? Vous souviendrez-vous que je suis un peu lent d'esprit et que j'ai besoin de votre aide ?

Elle acquiesça, et il sécha de nouveau ses larmes.

— Je vous aime, et je suis prêt à tout pour vous rendre heureuse.

Elle eut un sourire taquin.

— Sauf à m'épargner une fessée ?

Les yeux pétillants, il répondit :

— Vous fesser est un devoir que je pourrais me mettre à apprécier.

Elle sentit un frisson dans son bas ventre.

— Moi aussi, cela me plaît.

Il haussa les sourcils, et elle s'empressa d'ajouter :

— Pas la fessée en elle-même. Mais j'aime que vous me fessiez.

— Voilà que vous me déroutez à nouveau, chaton.

Elle se sentit rougir.

— Je n'aime pas *recevoir* de fessée, mais j'aime savoir que vous pourriez m'en donner une.

Elle gloussa, de plus en plus gênée par ses aveux.

— Est-ce bête ? J'aime sentir votre force et votre passion quand vous me corrigez. Et j'aime la façon dont vous m'étreignez ensuite.

— Vous aimez savoir que je pourrais vous fesser ? répéta-t-il, un sourire coquin au visage.

Il la fit rouler sur ses genoux pour exposer de nouveau ses fesses.

Elle se débattit.

— Non ! Harry ! J'ai dit que je n'aimais pas *recevoir* de fessée !

Il lui donna une tape sur les fesses tout en glissant la main sous son sexe. Elle poussa une exclamation.

— Harry...

Ses doigts glissèrent dans ses replis, déjà gonflés de chaleur pour lui. Il frappa à nouveau lorsque ses doigts découvrirent un renflement sensible en elle qui la poussa à se trémousser de plaisir. Il continua de la fesser lentement pendant que ses doigts accomplissaient leurs miracles. Elle se frottait à ses jambes, gémissante, perdue dans un tourbillon de douleur et de plaisir, d'impuissance et de volupté.

— Ooooh, gémit-elle, haletant à chaque tape, soupirant à chaque intervalle.

Lorsqu'elle atteignit l'extase, elle explosa, perdit toute notion du temps ou de l'espace, envahie par vague après vague de plaisir.

Un long moment plus tard, elle sentit la main de Harry lui caresser tendrement le dos tandis qu'elle reprenait peu à peu ses esprits.

Elle roula sur le côté et admira son époux malgré ses paupières lourdes.

— J'aime peut-être les fessées, tout compte fait.

Il s'esclaffa.

— Harry ?

— Oui, chaton ?

— Je peux toujours donner un bal ?

Il rit, un son grave en provenance de sa poitrine. Il souleva les jambes de Kitty pour l'allonger auprès de lui.

— Bien sûr, chaton.

* * *

Ils passèrent quatre jours idylliques à Penrock, à monter à cheval, à se promener, à rire et à faire l'amour plusieurs fois par jour. Il lui donna une fessée dans chaque pièce de la demeure. Il s'agissait de ce qu'elle appelait des « fessées joyeuses », seulement assez fortes pour la pousser à se tortiller, et toujours conclues par des ébats dans quelque position inédite.

C'était une sorte de lune de miel, et à présent qu'il était

sûr de l'affection de Kitty, il se sentait aussi grand qu'une montagne. Ils regagnèrent Londres le cinquième jour afin d'avoir une semaine à consacrer à la préparation du bal.

— C'est différent, cette fois, murmura Kitty lorsqu'ils rentrèrent chez eux.

— Quoi donc ?

— Votre maison. J'ai l'impression d'y faire mon entrée pour la première fois en tant que votre épouse.

— Oui, la demeure a senti que notre union était consommée, dit-il d'un ton faussement sérieux, ce qui lui valut un gloussement.

Elle pénétra dans la maison avec une assurance toute neuve, ramassant les lettres arrivées en leur absence et les passant en revue pour chercher les réponses à ses invitations au bal. Harry récupéra les journaux ainsi que son courrier puis la prit par la main et la mena dans le bureau, où ils s'assirent chacun sur un fauteuil et se mirent à lire leur correspondance.

— Ah, la première facture du couturier. Voyons si je dois vous aboyer dessus ou non, la taquina-t-il.

Comme Kitty ne répondait pas, il leva la tête. Elle semblait sous le choc, le visage pâle et les traits tirés.

— Qu'y a-t-il, chaton ?

Elle tenait les réponses à ses invitations d'une main tremblante.

— Je crois que nous ferions mieux d'annuler le bal. La plupart des invités ont décliné. De toute évidence, je ne me remettrai pas si facilement de l'affaire Westerfield.

Il comprit aussitôt ce que cela signifiait. Kitty avait été mise au ban de la haute société. Il prit une grande inspiration et traversa la pièce, lui prit les cartes des mains, les fourra dans sa poche et la souleva de son fauteuil pour l'enlacer. Elle tremblait légèrement lorsqu'elle pressa la joue contre son torse. Il lui frictionna le dos et dit d'un ton ferme :

— Nous donnerons notre bal. Et je m'assurerai qu'il attire les foules.

— Comment ?

— Laissez-moi faire, chaton. Tout ira bien.

Il se jura de faire tout ce qui était en son pouvoir pour tenir parole.

Après leur dîner, il lui fit l'amour pour l'aider à oublier, et quand elle se fut endormie, il regagna son bureau et y fit les cent pas. Sa culpabilité était revenue, mais elle avait changé de ton. Kitty était à lui, désormais. Il était de son devoir de la protéger, d'arranger la situation qu'il avait contribué à causer. Son envie habituelle de battre en retraite face au scandale était absente ; au lieu de cela, il se sentait poussé à agir, tel un guerrier prêt à défendre les siens. Sauf qu'il n'y avait pas de soldats à abattre.

Il s'assit à son bureau et se prit la tête dans les mains. Il regrettait de ne pas avoir d'ennemi facilement identifiable à affronter pour elle. Mais cette situation exigeait quelque chose de différent de sa part ; quelque chose qui lui semblait bien plus risqué qu'une bataille.

Il sortit une feuille et écrivit une longue lettre à sa mère afin de tout lui expliquer, assumant pleinement la responsabilité de ses erreurs et l'implorant de l'aider. Ce fut une missive difficile à écrire, mais il était convaincu qu'elle l'aiderait. Elle avait des relations et était irréprochable. Si elle soutenait Kitty, tout le gratin lui emboîterait le pas. Puis il passa en revue chaque carte de refus, et nota les noms des correspondants.

Le lendemain matin, il traversa les salles du palais de Westminster jusqu'à la Chambre des Lords et rompit sa solitude habituelle en se joignant à un petit groupe de nobles. Il se sentit vite étouffer et il tira sur son foulard pour respirer. Puis, se souvenant de la détresse de Kitty, il prit une grande inspiration.

— Bonjour, Messieurs, comment allez-vous ? demanda-t-il en s'inclinant.

Ils murmurèrent des salutations en le regardant avec curiosité.

La gorge de Harry se serra, et il tira de nouveau sur son foulard, s'efforçant de poursuivre malgré l'angoisse qui l'étranglait :

— Écoutez, vous avez sans doute entendu parler du petit scandale que j'ai causé avec ma jeune épouse ?

— Un *petit* scandale ? La rumeur dit que vous avez pratiquement brisé la mâchoire de Fenton avant de vous enfuir avec elle.

Il garda un visage impassible et ravala une grimace.

— Oui, bon. Il s'agissait d'un quiproquo, dont je suis le seul responsable, admit-il. Malheureusement, c'est mon épouse qui subit les conséquences de mes erreurs, et il est de mon devoir d'y remédier. Je donne un bal en son honneur à la fin de la semaine, et je serais très touché que vous vous joigniez à nous.

Il avait décidé de tirer sur la corde sensible. Les nobles remuèrent, mal à l'aise. Il savait parfaitement qui avait reçu une invitation et qui avait refusé, mais il tint bon, plantant son regard dans le leur en attendant qu'ils acceptent. Il sentit une goutte de sueur lui couler sur la nuque.

— Randolph ? lança-t-il.

— Il me semble que nous avions déjà d'autres engagements ce soir-là, mais, euh... oui. J'en parlerai à mon épouse. Je suis sûr que nous pourrons nous organiser.

— Merci. Rutledge ?

— Je ne manquerais ce bal sous aucun prétexte, Westerfield.

— Je crois que ma femme vous a envoyé nos regrets, mais je ferai également en sorte de me libérer.

— Merci bien, Langley. Je vous promets de vous revaloir cela.

Cela aurait pu être pire. Le moment avait été pénible, mais productif. Comme quand il misait aux jeux, il fallait partir gagnant. Et ça, c'était sa spécialité.

Avec chaque nouveau groupe, sa sensation d'étranglement se dissipait un peu plus, et sa plaidoirie devenait plus aisée. Les choses se passeraient ainsi s'il faisait campagne pour la résolution contre la cruauté animale, songea-t-il. Après avoir extorqué des promesses à un nouveau groupe, il évoqua d'ailleurs le sujet, encourageant les hommes à soutenir une proposition de loi.

Il perdit son assurance avec le dernier groupe, cependant, lorsqu'il réalisa que Lord Fenton en faisait partie. Ils ne s'étaient pas adressé la parole depuis le soir du bal, même s'il avait plusieurs fois eu l'impression que Fenton avait envisagé de l'approcher. Ce dernier prit aussitôt les devants :

— Lord Westerfield, dit-il en s'inclinant bien bas. Je vous dois des excuses, à vous et votre épouse.

— J'avais mal compris la situation.

Harry lui tendit la main, mais quand Fenton l'eut serrée, il ajouta :

— Si vous touchez de nouveau à mon épouse, cependant, vous êtes un homme mort.

Les hommes qui les entouraient se mirent à rire.

— Entendu.

Un sourire aimable aux lèvres, Fenton lui serra la main de plus belle.

— Je vous remercie de nous avoir invités à votre bal. Cela fait un mois que ma sœur et moi l'attendons avec impatience.

Il se tourna vers ses compagnons.

— Avez-vous réussi à décrocher une invitation pour la réception des Westerfield en l'honneur de leur mariage ? Je pense qu'il s'agira de l'événement de la saison.

C'était la première fois que Harry reconnaissait des qualités à Lord Fenton. Il comprenait soudain pourquoi Kitty et lui s'entendaient si bien. Comme elle, Fenton percevait d'instinct les dynamiques d'une situation, les personnalités des personnes présentes et la manière de les convaincre. Il avait beau savoir que Fenton cherchait avant tout à aider Kitty, Harry lui était reconnaissant de lui avoir prêté main-forte. Les autres hommes promirent d'assister au bal et Harry alla rejoindre son nouveau beau-frère, qu'il entraîna à l'écart.

— Vous m'aidez à encourager les membres du Parlement à assister à notre bal ?

Stanley resta un moment hébété, puis il comprit sa requête. Il acquiesça.

— Bien sûr.

— Je vous remercie. Vos dettes au Spencer's sont remboursées.

Stanley semblait abasourdi.

— C'est beaucoup plus que la somme dont nous avions convenu.

En effet, les dix mille livres qu'il avait données à Stanley n'avaient pas été utilisées pour éponger sa dette, et Harry avait dû dépenser vingt-deux mille livres pour le tirer d'affaire.

Il haussa les sourcils.

— Kitty vaut bien toute ma fortune.

CHAPITRE HUIT

— Vous devez déambuler dans la salle et discuter avec les gentilshommes ce soir, Harry. Vous ne pouvez pas vous contenter de rester à côté d'eux sans dire un mot, le gronda-t-elle à table le jour de leur réception.

Le frère aîné de Kitty, Edward, et la femme de celui-ci, Susan, étaient arrivés au cours de la semaine pour assister au bal, et ils concluaient tous les quatre leur déjeuner.

Pour son plus grand plaisir, Harry s'était montré avenant, forgeant aisément des liens avec son beau-frère et se montrant poli et attentionné avec sa belle-sœur.

— Vous vous attendez sérieusement à ce que je participe à ce bal ? répondit Harry en surjouant l'étonnement. Moi qui croyais me cacher dans mon bureau durant toute la soirée...

— Ne vous avisez pas de faire une telle chose ! J'exige aussi que vous dansiez avec moi. Au moins deux fois.

— Kitty, la rabroua Edward. Houspiller ton époux pourrait finir par te valoir une correction.

— Oh, je n'en doute pas, répliqua-t-elle avec enthousiasme. C'est cela qui est amusant, non ?

Il y eut un long silence tandis qu'Edward et Susan regardaient Harry pour déterminer si elle disait vrai. Il aurait bien aimé fermer les paupières avec exaspération, mais il fut incapable de retenir son rire. Il s'esclaffa et secoua la tête.

— Voilà qui ne doit pas être très efficace, si ? s'enquit Edward.

Harry rit à nouveau.

— En effet, mais après une correction, elle est douce comme un agneau. Cela vaut le coup.

Kitty se sentit rougir, mais rit avec les autres. Puis son frère se fit plus grave :

— Êtes-vous bon avec elle, Westerfield ?

— Edward, je t'en prie, intervint-elle.

Harry leva la main et la regarda avec sérieux.

— Je ne le suis pas assez. Mais j'ai l'intention de me rattraper.

Ses yeux s'emplirent de larmes et elle les leva au plafond, agitant les mains devant elle pour éviter qu'elles ne coulent. Toujours prévenant, il plaça un mouchoir dans sa main.

— Kitty sait désormais parfaitement que je suis incapable de deviner ce que veulent les femmes et qu'elle doit me dire ce qu'elle attend de moi en toute franchise. N'est-ce pas, chaton ?

— En effet, Monsieur le Comte.

Il la prit par la main et traça des cercles avec son pouce sur sa peau soyeuse.

— Redoutez-vous le bal ?

Elle tenta de masquer la nervosité qui la prenait aux tripes.

— Bien sûr que non !

— Il n'y a aucune inquiétude à avoir. Les réponses positives ont fini par affluer, et je ne vous délaisserai pas pour mon bureau. Je danserai avec vous toute la soirée, si vous me laissez faire.

— Ce sera merveilleux, intervint Susan.

Kitty battit rapidement des cils et regarda de nouveau vers le plafond pour ravaler ses larmes.

— Merci, dit-elle d'une voix étranglée. Pouvez-vous m'excuser ? J'aimerais prendre un bain avant de m'habiller.

Elle se leva, obligeant Harry et Edward à l'imiter. Plus tard, après s'être baignée et avoir enfilé son corset, ses dessous, ses porte-jarretelles et ses bas, Harry entra. Violet enroulait les cheveux fraîchement lavés de Kitty en chignon au sommet de sa tête, avant de lui façonner une couronne de roses blanches.

Harry se pencha et l'embrassa dans le cou.

— Vous êtes sublime.

Elle lui sourit et informa Violet que son époux l'aiderait à revêtir sa robe.

— J'ai un cadeau pour vous.

Elle pivota sur son tabouret.

— C'est vrai ? demanda-t-elle, tentant de dissimuler sa joie enfantine.

Elle ne dut pas y parvenir, car il rit.

— Oui, dit-il en lui tendant une boîte longue et étroite.

Elle l'ouvrit et en sortit une magnifique rangée de perles blanches qui alternaient avec des billes en or, parfaitement assorties à sa robe.

— Harry ! s'exclama-t-elle. C'est superbe. Vous vous souveniez que ma robe comportait des touches dorées ?

Il plissa le front.

— Comment oublier une telle robe ?

— Vous n'êtes pas comme la plupart des hommes. Pas comme mes frères, du moins.

Elle lui tendit le collier et se retourna pour lui présenter sa nuque fine. Il le ferma et embrassa la chair tendre autour de son pouls.

— Merci, souffla-t-elle.

Il s'assit sur le tabouret et l'installa sur ses genoux.

— Toujours nerveuse ?

— Terriblement, admit-elle. J'ai une question pour vous, Monsieur le Comte.

— Laquelle ?

— Puis-je danser avec Teddy ce soir ?

D'un seul geste, il la souleva et l'allongea sur ses jambes pour la fesser d'un geste frénétique.

— Aïe ! Je suis désolée ! s'écria-t-elle, catastrophée d'avoir offensé son époux. J'ai seulement posé la question pour ne pas vous fâcher !

Il parvint à baisser ses dessous sans cesser de la fesser vite et fort, et elle se trémoussa sur ses genoux.

— Harry, je vous en prie ! Je suis navrée !

Il s'arrêta et lui donna une petite tape sur les fesses, la souleva, et ses dessous lui tombèrent autour des chevilles. Il l'assit à califourchon sur ses genoux.

La poitrine de Kitty se soulevait en rythme alors qu'elle peinait à respirer sous son corset, et son menton se mit à trembler à cause d'un sanglot contenu.

— Oui, dit-il enfin d'un ton enjoué. Mais une seule danse, et s'il vous touche encore le décolleté, je le tue.

Kitty entrouvrit les lèvres de surprise.

— Quoi ?

Elle gloussa d'un air soulagé.

— Dans ce cas, pourquoi m'avez-vous fessée ?

— Pour vous rappeler que vous êtes à moi.

— Ha-rry ! protesta-t-elle. J'ai eu mal.

— Je sais, chaton. C'était mon objectif. Je risque de vous fesser dès que vous évoquerez Teddy ou un autre homme pour me rendre jaloux.

Elle rit à nouveau.

— Je ne cherchais pas à vous rendre jaloux, cette fois.

Elle lui jeta un regard par en dessous et ajouta :

— Je n'arrive pas à déterminer si vous êtes sérieux.

Il la tira par les hanches pour qu'elle sente son membre dressé sous son pantalon.

— Je vais vous montrer ce qui est sérieux, susurra-t-il.

Elle gloussa et fit onduler son bassin contre celui de Harry. Il massa ses fesses échauffées. Glissant un doigt plus bas, il caressa son sexe mouillé. Elle gémit lorsqu'il se mit à aller et venir. Elle saisit son membre, et sans perdre de temps, elle se hissa sur la pointe des pieds et s'empala sur lui.

Il grogna. Il avait beau aimer la dominer, il adorait également qu'elle prenne l'initiative, émoustillé par son enthousiasme et sa volonté d'apprendre. Il la saisit par les hanches et la poussa d'avant en arrière, maîtrisant leur rythme, la rendant folle de désir jusqu'à ce qu'elle se frotte à lui, cherchant l'extase. Elle arriva bien vite et elle poussa un cri, les ongles plantés dans les bras de Harry et les muscles de son sexe contractés sur le sien. Il se mena à l'orgasme, répandant sa passion tout en étreignant Kitty. Il lui embrassa la clavicule, juste sous le collier de perles.

— Mmm, voilà qui était sérieux, roucoula-t-elle.

— Oui. Et je suis tout aussi sérieux à ce sujet : si vous dansez plus de deux fois avec n'importe quel homme ce soir, vous vous retrouverez de nouveau sur mes genoux, c'est entendu ?

Elle se pencha en avant et pressa ses lèvres contre son oreille.

— Oui, Monsieur le Comte, murmura-t-elle.

Elle donna un coup de langue à son lobe et sentit son membre tressaillir en elle. Entre ses instincts naturels et ses capacités d'observation, elle avait appris à jouer de son corps mieux que du piano-forte.

— Gentille fille, susurra-t-il.

Il passa le doigt entre ses fesses et fit le tour de son entrée de derrière.

Elle tordit les hanches pour lui échapper.

— Harry !

Il lui donna deux tapes sur le flanc, et elle protesta d'un cri.

— Ceci m'appartient aussi, Kitty. Et je vous prendrai bientôt par là.

Elle inspira, et un joli rosissement colora ses joues.

— Vous pouvez faire une telle chose ?

Il rit.

— Bien sûr, et je ne m'en priverai pas.

Cette idée avait réveillé son membre en elle, et elle ondula lentement. Il continua de faire le tour de l'anneau de muscles avec son doigt tout en allant et venant en elle. Elle gémit, et sa respiration devint saccadée. Il appuya, pénétra son antre, et elle se crispa sur son doigt, les fesses serrées, et tenta de se redresser. Ses contorsions ne firent qu'amplifier le va-et-vient du doigt de Harry et de son membre en elle.

— Harry, haleta-t-elle.

— Oui, chaton ?

— Harry !

Il continua de la pénétrer avec son doigt, passant un bras autour de sa taille pour lui faire bouger les hanches tandis qu'elle était prise d'une agitation grandissante.

— Harry, je vous en prie ! s'exclama-t-elle en lui tirant les cheveux.

Il plongea plus profondément en elle, plus fort, tout en faisant glisser le sexe trempé de Kitty sur son membre jusqu'à ce qu'elle se contracte en rythme, cambrée dans ses bras, criant son nom. Il l'enlaça, embrassa la zone sensible derrière son oreille et lui murmura des mots doux.

— Avez-vous... ?

Il sourit et secoua la tête.

— Pas cette fois, chaton, mais vous me revaudrez cela plus tard.

Elle poussa un soupir comblé et blottit la tête contre son épaule, son corps lourd et tout mou contre le sien.

— Êtes-vous toujours nerveuse ?

Elle recula la tête pour le regarder, ses yeux mettant un moment à voir clair.

— Était-ce votre objectif ?

— Mmm. Cela a fonctionné ?

— Je vous aime.

Elle pressa ses lèvres contre les siennes. Il lui rendit son baiser et lui palpa les fesses d'un air satisfait.

— Harry ?

— Oui ?

— Comment avez-vous convaincu les convives de répondre présents ?

— J'ai demandé de l'aide à ma mère et j'ai suivi vos conseils : j'ai fait campagne au Parlement.

Elle le regarda avec de grands yeux.

— Vraiment ?

Il hocha la tête.

— Oui. J'ai parlé à tout le monde. Je leur ai dit que ce bal était important pour moi et que j'aimerais obtenir leur soutien.

Les yeux embués de larmes, elle se pencha sur lui pour l'embrasser.

— Et bien entendu, ils vous ont suivi. Je savais que vous étiez capable de déplacer des montagnes.

Il sentit ses propres yeux le brûler et il battit rapidement des cils.

— Seulement grâce à vous.

* * *

Vêtue de sa robe de mariée blanche, le bras de son époux autour de la taille, Kitty accueillit leurs premiers invités, Lord et Lady Stonebridge. Elle avait les mains froides et moites sous ses gants, et son sourire était trop radieux tandis qu'elle faisait la révérence. Elle songea à la dizaine de fois où, depuis son entrée dans le monde deux ans plus tôt, elle avait fait une gaffe et avait été qualifiée d'excentrique.

Il fallait l'admettre, elle ne serait jamais parfaitement à sa place au sein la haute société londonienne, et après son comportement inqualifiable au précédent bal et son mariage précipité avec Harry, elle devait également être perçue comme une gourgandine. Les convives firent leur entrée deux par deux ou par petits groupes, et elle dut subir l'épreuve des salutations, le dos en sueur malgré ses doigts glacés.

Harry semblait comprendre son angoisse, car il l'enlaçait fréquemment, comme pour la protéger ou la rattraper si elle s'évanouissait. Pourtant, nul ne mentionna l'affaire Westerfield ; leurs invités, quoique peu chaleureux, se montrèrent polis, et la soirée se déroulait sans encombre.

— Vous êtes plus taciturne que moi ce soir, commenta Harry entre deux conversations avec des invités.

Elle lui adressa un faible sourire.

— Impossible.

— Où est passée ma pipelette préférée ? N'oubliez que je vous ai épousée pour vos bavardages.

Elle lui jeta un regard sinistre et lui confia :

— Harry, j'ai l'impression que tout le monde attend avec impatience que je dise quelque chose d'inapproprié, comme d'habitude.

Il fronça les sourcils.

— Kitty, votre talent est justement de toujours savoir quoi dire au bon moment.

Elle chassa ses mots d'un geste de la main, qu'il captura

dans la sienne et porta à ses lèvres, embrassant l'étoffe de son gant avant de lui mordiller les doigts. Elle gloussa et se dégagea.

La comtesse douairière fit son entrée avec l'oncle et la tante de Harry. Kitty se figea, nerveuse en présence de sa belle-mère, qu'elle avait seulement rencontrée brièvement la veille.

Harry fit le baisemain aux deux dames et Kitty leur fit la révérence, tentant de sembler convenable. Lady Westerfield senior était grande, mince et noble, avec des cheveux gris acier et le même nez d'aristocrate que son fils. Tandis que Harry était entraîné dans une conversation avec son oncle et sa tante, Kitty se tourna vers sa belle-mère et se creusa la tête pour trouver quelque chose d'intelligent à dire.

La comtesse douairière prit la parole :

— Il est terriblement navré, vous savez. Pour les débuts mouvementés de votre union. J'espère qu'un jour vous pourrez lui pardonner.

Kitty la dévisagea, absolument médusée que son époux ait confié une telle chose à sa mère. Elle se mordilla la lèvre pour empêcher ses yeux de s'embuer lorsqu'elle réalisa que Harry avait endossé la pleine culpabilité des événements dans lesquels ils avaient tous deux joué un rôle.

— Nous nous sommes mutuellement pardonnés, parvint-elle à dire après avoir retrouvé sa voix.

Lady Westerfield l'examina.

— Je suis heureuse de l'entendre. Il a besoin de vous. Il a eu besoin de vous toute sa vie.

Sur ces entrefaites, Lady Westerfield s'éclipsa, faisant son entrée dans la salle de réception dont les meubles avaient été poussés contre les murs pour permettre aux convives de danser. Kitty la suivit du regard, stupéfaite.

Wynn et Teddy furent les suivants à arriver, et elle fut

soulagée de voir Teddy et Harry se saluer cordialement. Elle serra Wynn dans ses bras et l'embrassa sur la joue.

— Comment se passe la réception pour l'instant ? Il y a foule, on dirait.

Kitty hocha la tête.

— Je n'ai rien dit d'inapproprié *pour l'instant*.

— Kitty, vous pouvez dire ce qui vous plaît, désormais. Vous êtes l'hôtesse. Vous êtes Lady Westerfield, et ceci est votre bal. Rien ne vous oblige à vous tenir à l'écart et à distiller vos commentaires narquois au sujet des invités.

Si elle n'aimait pas autant Wynn, Kitty aurait été agacée. Mais le fait que son amie lui rappelle qu'elle était l'hôtesse lui fit penser que le soir du dîner politique, elle avait adoré divertir leurs invités et s'assurer que la conversation restait fluide. Rien ne l'empêchait d'agir de la sorte durant ce bal. Wynn avait raison : il s'agissait de sa réception. Harry avait rempli son rôle en s'assurant que les convives répondent présents, et désormais elle se ferait un devoir, ou plutôt un plaisir, de jouer son rôle d'hôtesse.

Elle se tourna vers Teddy.

— Lord Westerfield m'a accordé une danse avec vous, mais si vous touchez à mon décolleté, il vous tuera.

Teddy sourit.

— Il a dit cela ? s'enquit-il en se tournant vers Harry d'un air affable. Je n'osais pas demander. C'est très aimable de votre part.

— En effet, dit Kitty en posant une main sur le torse de son époux. Alors assurez-vous de m'inviter à danser tout à l'heure, ainsi nous ferons taire les rumeurs une bonne fois pour toutes.

Teddy s'inclina légèrement.

— Je suis impatient.

Elle recommençait à s'amuser, prenant de l'assurance dans son rôle d'hôtesse, jusqu'à ce qu'ils aient accueilli tous les convives et qu'elle ait retrouvé son aisance du dîner politique. Harry, pour sa part, interagissait encore plus avec leurs invités qu'elle l'avait espéré. Quand elle le quitta pour circuler entre les groupes afin de faire les présentations, de divertir et même de flatter, elle sentit son regard admiratif sur elle. La chaleur éveillée par les mots qu'il avait eus plus tôt ainsi que ceux de sa mère grandit au long de la soirée alors qu'elle constatait avec émerveillement que Wynn avait vu juste. Elle n'avait plus besoin de faire tapisserie. Harry l'aimait, il avait besoin d'elle, justement pour les talents qui l'avaient mise en marge de la société auparavant.

Lorsqu'il vint la guider jusqu'à la piste de danse, elle flottait presque à ses côtés, savourant son nouveau rôle d'épouse.

— Vous êtes époustouflante, ce soir, murmura Harry.

— Je l'espère, dit-elle en lui jetant un regard par en dessous. Après tout, je veux m'assurer que vous en ayez pour votre argent. Suis-je à la hauteur de ce que vous désiriez lorsque vous avez passé votre marché avec Maury ?

Il lui adressa un regard chagriné.

— Oui, et bien plus encore.

Elle sourit, satisfaite.

— M'avez-vous pardonné mon erreur ?

— Il n'y a rien à pardonner. Moi aussi je vous achèterais, si j'en avais les moyens.

Harry renversa la tête en arrière et éclata de rire, un son grave et profond qui lui fit chaud au cœur.

— Combien seriez-vous prête à payer ?

— Au moins un shilling, répondit-elle en gloussant.

— Pouah ! Miss Angelton m'en a proposé deux fois plus.
Elle sourit.

— Je financerai aussi le voyage jusqu'à Gretna Green.

— Vendu !

Elle rit tandis que Harry la faisait tournoyer dans la pièce à grands pas, son sourire affectueux tel un ancrage pour le regard de Kitty.

— Merci, souffla-t-elle.

Il haussa un sourcil interrogateur.

— De me donner l'impression d'être exceptionnelle.

— Mais vous l'êtes, chaton.

La danse prit fin, et il la mena à la table des rafraîchissements.

— Venez. Je veux vous imbiber de champagne pour pouvoir vous punir ensuite.

Elle rit, les fesses toujours endolories par sa dernière fessée.

— Eh bien, vous êtes mon époux, désormais, je me dois donc d'obéir.

— Gentille fille, susurra-t-il en lui tendant une flûte de champagne. À ma charmante épouse.

Il leva son verre, et elle trinqua avec lui.

— À nous.

Fin

LA BRATVA DE CHICAGO

Le Directeur (La Bratva de Chicago, Tome 1)
PERSONNE NE PREND CE QUI M'APPARTIENT

Cette jolie avocate m'a caché son secret.

Un bébé qu'elle porte depuis le soir de la Saint-Valentin.

Le soir où le sort a décidé de nous unir.

Elle ne m'a jamais contacté. Elle voulait m'empêcher d'apprendre la vérité.

Elle va découvrir ce qui se passe quand on contrarie un boss de la bratva.

Une punition est nécessaire. Une séquestration en attendant la naissance.

Et je mettrai ce temps à profit pour la séduire.

Parce que je n'ai pas seulement l'intention de garder le bébé...

Je compte épouser sa mère.

Et pour notre bien à tous les deux, mieux vaudrait qu'elle soit partante.

Le Directeur

Abonnez-vous à la newsletter de Renee

Abonnez-vous à la newsletter de Renee pour recevoir livre gratuit, des scènes bonus gratuites et pour être averti·e de ses nouvelles parutions !

https://BookHip.com/QQAPBW

OUVRAGES DE RENEE ROSE
PARUS EN FRANÇAIS

www.reneeroseromance.com/francaise/

La Bratva de Chicago
Prélude
Le Directeur
Le Stratège
Possédée
L'Homme de Main
Le Soldat
Le Hacker
Le Bookmaker
Le Nettoyeur
Le Coureur
Le Gardien

Les Nuits de Vegas
Roi de carreau
Atout cœur
Valet de pique
As de cœur

Darlington

Alpha Bad Boys
La Tentation de l'Alpha
Le Danger de l'Alpha
Le Trophée de l'Alpha
Le Défi de l'Alpha
L'Obsession de l'Alpha
L'Amour dans l'ascenseur (Histoire bonus de La Tentation de l'Alpha)
Le Désir de l'Alpha
La Guerre de l'Alpha
La Mission de l'Alpha
Le Fleau de l'Alpha
Le Secret de l'Alpha
La Proie de l'Alpha
Le Sang de l'Alpha
Le Soleil de l'Alpha
La Lune de l'Alpha
La Serment de l'Alpha
La Vengeance de l'Alpha
Le Feu de l'Alpha
Le Secours de l'Alpha
L'Ordre de l'Alpha

Les Loups-Garous de Wall Street
Grand Méchant Patron: Minuit
Grand Méchant Patron: Folie Lunaire
Grand Méchant Patron: Marquée
Grand Méchant Patron : Accouplés

Les Ours Bad Boys
La Revendication de l'Alpha

Lycée Wolf Ridge
Brute Alpha
Chevalier Alpha
Alpha par Alliance
Le Roi Alpha
L'Alpha interdit

Le Ranch des Loups
Brut
Fauve
Féral
Sauvage
Féroce
Impitoyable
Bestial
Implacable

Deux Marques
Indomptée (libre)
Tentée
Désirée
Séduite

Les Dominateurs Alpha
La Faim de l'Alpha
La Punition de l'Alpha
La Promesse de l'Alpha
La Protection de l'Alpha

Maîtres Zandiens
Son Esclave Humaine
Sa Prisonnière Humaine
Le Dressage de Son Humaine
Sa Rebelle Humaine

Sa Vassale Humaine
Son Compagnon et Maître
Animal de Compagnie Zandien
Sa Possession Humaine

Les Épouses Zandiennes
La Nuit des Zandiens
Achetée par les Zandiens
Dominée par les Zandiens
Les Lumières de Zandia
Détenue par le Zandian
Revendiquée par le Zandian
Enlevée par le Zandian
Sauvée par le Zandian

Écrivez votre réussite
Écrivez votre réussite
Réussir sans peine

À PROPOS DE RENEE ROSE

RENEE ROSE, AUTEURE DE BEST-SELLERS D'APRÈS USA TODAY, adore les héros alpha dominants qui ne mâchent pas leurs mots ! Elle a vendu plus d'un million d'exemplaires de romans d'amour torrides, plus ou moins coquins (surtout plus). Ses livres ont figuré dans les catégories « Happily Ever After » et « Popsugar » de USA Today. Nommée *Meilleur nouvel auteur érotique* par Eroticon USA en 2013, elle a aussi remporté le prix d'*Auteur favori de science-fiction et d'anthologie* de Spunky and Sassy, e celui de *Meilleur roman historique* de The Romance Reviews. Elle a fait partie de la liste des meilleures ventes de USA Today sept fois avec ses livres Wolf Ranch et plusieurs anthologies.

Abonnez-vous à la newsletter de Renee pour recevoir des scènes bonus gratuites et pour être averti·e de ses nouvelles parutions!
https://www.subscribepage.com/reneerosefr